우주역에 정착하다

우주역에 정착하다

2024년 9월 25일　초판 1쇄 인쇄 발행

지 은 이 ㅣ 김권곤
펴 낸 이 ㅣ 박종래
펴 낸 곳 ㅣ 도서출판 명성서림

등록번호 ㅣ 301-2014-013
주　　　소 ㅣ 04625 서울시 중구 필동로 6 (2, 3층)
대표전화 ㅣ 02)2277-2800
팩　　　스 ㅣ 02)2277-8945
이 메 일 ㅣ msprint8944@naver.com

값 10,000원
ISBN 979-11-94200-21-5

김권곤 시집

우주역에 정착하다

도서
출판 명성서림

추천사

김권곤 시인은 전라남도 고흥반도 끝자락 섬에서 바다와 갯벌을 놀이터 삼아 어린 시절을 보냈다.

거친 파도와 바람 그리고 자연에 순응하며 살아가는 섬 사람들의 고달픈 삶을 보고 체험했기에 눈을 감으면 바다가 출렁출렁 말을 걸어와 이들의 이름을 불러가며 시를 쓴다고 했다

"바위는 귀가 없어도 우주의 무현금 소리 듣는다"는 우주적 상상력과 「씨앗의 시계」에서 자연에 대한 생명 사상을 엿볼 수 있으며 「파프리카」에서는 이웃의 삶으로 관심을 확장했다.

김권곤 시인은 사물을 자세히 관찰력 한 후 풍부한 상상력을 가미해 시적 대상을 객관적으로 묘사했으며 체험을 바탕으로 자신만의 언어로 시를 쓰는 바다시인이다.

– 허형만(시인)

"기억과 상상"이 점화되어 지면에 드러난 문장은 시인이 포획한 발상發想의 결과물이다. 개성적인 문체를 완성해 나가는 김권곤 시인의 시선은 예사롭지 않다. 시의 기폭제가 되는 것은 '바다'이며 시인의 생각은 밀려오는 파도처럼 역동적이다. 비유와 발상이 뛰어난 시집『우주역에 정착하다』를 따라가 보면 "바다와 시인"은 자기동일성을 유지하고 있다. 이질적인 것을 동화시켜 새로움을 구현하는 시인은 나로도 우주센터가 있는 고흥은 "지구의 말이 통하는 우주"라고 한다.

　잠재된 기억은 현실과 가상의 세계를 오가며 대상과 일치하는 어느 지점에서 키워드로 작동하고 시적 감성이 폭발한다. 시집이 보내는 시그널은 "생명성과 존재에 관한 질문"이다. 생존에 필요한 기표 중에 언어의 비중은 절대적이다. 우주까지 소통할 수 있는 시인의 역량은 어디까지인가. 김권곤 시인은 "자연과 인간의 상호 관계"를 자신만의 명징한 언어로 증명하고 있다.

– 마경덕(시인)

시인의 말

고흥반도 끝자락 지호도에서 태어나
바다와 개펄이 놀이터였던 어린 시절

매서운 바람과 파도 속에서 입김으로 언 손을 녹여가며
자연에 순응하며 살아가는
섬의 고달픈 삶이
눈을 감으면
가슴 속에서 출렁출렁
내게 다가와 말을 겁니다.

나는 그들의 이름을 하나씩 불러가며 시를 씁니다.

내 시 한 줄이
마음에 위안이 되기를 바랍니다.

2024년 여름

김 권 곤

차례

1부

가을 화엄사 … 13

대추의 방향 … 14

바다 수선공 … 15

포맷당하다 … 16

몽돌밭에서 … 18

성벽을 보수하다 … 20

폐타이어 … 22

조새 … 23

남편을 빌려드립니다 … 24

바람 소리 읽다 … 26

우주역에 정착하다 … 28

흑염소 직원 … 30

바위의 귀 … 32

파프리카 … 34

잔소리 … 36

극락강역 … 37

바닷물 방석 … 38

조금 새끼 … 40

소가 목탁을 친다 … 42

1,000원의 행복 … 44

2부

다둥이 어미 … 49

씨앗의 시계 … 50

여수에서 … 52

뿌리 노동자들 … 54

떼 지어 다닐 때 … 56

막걸리 … 58

소화기 … 59

신부의 계절 … 60

명의 … 62

할머니표 꽃바지 … 63

처음 쓴 편지 … 64

머리카락 … 66

천사의 나팔꽃 … 68

비문증 … 70

슬픔을 불러내다 … 72

장끼 … 73

샐러리맨 … 74

공의식 시인에게 … 76

청설모 … 78

3부

천식 친구 ⋯ 83

개 탓 ⋯ 84

산골 빈집 ⋯ 86

논둑길 ⋯ 88

욕쟁이 할머니 ⋯ 90

음유시인 ⋯ 92

평화의 소녀 ⋯ 94

물의 생각 ⋯ 95

집게의 힘 ⋯ 96

바위의 내장 ⋯ 98

편백나무 노천탕 ⋯ 100

빙하의 눈물 ⋯ 102

망치 소리가 배를 짓는다 ⋯ 104

화상 채팅 ⋯ 106

갈등 ⋯ 108

5월의 근로자들 ⋯ 110

무공해 인증사진 ⋯ 112

초록을 읽다 ⋯ 114

곰보배추 ⋯ 116

동원집 ⋯ 118

4부

목련꽃 ⋯ 123

금잔화 ⋯ 124

꽃씨의 꿈 ⋯ 125

노가리 골목 ⋯ 126

고비에서 만난 사내 ⋯ 128

전기 근로자들 ⋯ 130

소금꽃 피는 폐가 ⋯ 132

디지털 장의사 ⋯ 133

갑오징어 ⋯ 134

어처구니가 없다 ⋯ 136

멈춰버린 시간 ⋯ 138

왜소행성이 되다 ⋯ 140

포클레인과 특허 분쟁 ⋯ 142

싸가지가 없다 ⋯ 144

소금 기둥 ⋯ 146

한 쌍 ⋯ 148

은하의 부동산 ⋯ 150

나로도항 실비집 ⋯ 152

모성 ⋯ 154

평론 ⋯ 157

1부

가을 화엄사

늦가을
붉게 물든 약속 하나 손에 쥐고
낮은 곳으로 가볍게 내려온다

발등을 덮는 색색의 언약들
맨몸인 나무들이 읽어본다

한여름 목청껏 불경을 외우던 매미
해탈을 하였는지
누더기 같은 허물만 남기고
상수리나무에서 목탁을 치던 딱따구리
탁발을 나가고 암자가 비어있다

천년 법문에 불심이 깊어
대웅전 앞마당에 넙죽 엎드린 산그늘
합장한 다람쥐가 절 마당 배롱나무에서 기웃기웃

나도 법문 한 줌
목탁 소리 한 줌
두 손에 모으고
석탑을 돈다

대추의 방향

가지마다 오종종히 매달린 대추 알
축 늘어진 무게에
활처럼 긴장이 팽팽하다

바람이 매달리면 가지는 더욱 휘어져
한두 알씩 땅으로 떨어지는 대추
가지가 부러지기 직전
붙잡은 손을 하나씩 놓아버린 걸까

부모와 자식 간에도
적당한 긴장이 필요하지
관심이 느슨하면 해찰을 부리고
너무 당기면 밖으로 튕겨 나간다

부모가 원하는 쪽으로
가지를 휘어 놓아도

나무는 자기가 원하는 방향을 고집하며
가지를 뻗어 열매를 키우고 있다

바다 수선공

투명한 바늘이 바다를 촘촘히 꿰맨다
접힌 주름을 펴 가며
갯바위에 부딪혀 찢어지고
모래밭에 넘어져 해지고 솔기가 터진 옷
실밥이 풀린 치맛단을 박음질한다

뛰놀다 찢어진 무릎과 팔꿈치
어머니가 재봉틀 앞에 앉아
헝겊을 덧대 드르륵드르륵 박아 주듯
한나절이 넘도록 바다를 수선해도
파도가 바다 밑에서 계속 일감을 꺼내와
허리 한번 펴지 못하고 재봉틀을 돌린다

바람에 펄럭이는 바다
덧댄 헝겊의 흔적
바늘 자국 하나 보이지 않는다
푸르고 싱싱하게 바다를 수선한 소나기는
재봉틀을 구름에 싣고 다른 마을로 떠났다

모터보트 한 척이 바다에
길게 상처를 내며 달린다

포맷*당하다

찰나에
오토바이 굉음과 부딪쳤다

경찰차 구급차가 달려와
응급실 수술대에 올려놓았다

"여보세요, 여보세요"
아득히 귀에 닿을 듯 흩어지는 소리에
잠에서 막 깨어난 것처럼 멍하니
주변을 두리번거렸다

생각나는 것이 하나도 없는 20여 분
나는 어디에 있었을까

우주 어느 별에서
보고 들은 것들
나뭇잎 떨어지는 소리 한 개라도
지상으로 가져오면 천기누설이라며
문서를 지우듯 내 머릿속을 지워버렸을까

깨끗하게 지워야
출입국 보안 검색대를 통과할 수 있는 나라
고장이 난 내 머릿속 기억장치는
아직도 빈칸으로 남아있다

* 컴퓨터 기억장치에 저장된 정보를 지워 초기 상태로 되돌리는 것

몽돌밭에서

지호도 바닷가
말랑말랑한 물의 손이 바위를 깎는다
파도는 바위를 깎는 석공
종일 돌을 다듬어 가업을 이어간다

태풍이 몰려와 정수리를 내리쳐도
꿈쩍도 하지 않는 갯바위
파도가 찰랑찰랑 말을 걸어도
눈길 한 번 주지 않는다
몇백 년을 더 부딪쳐야 돌 한 조각 얻어낼 수 있을까

몽돌밭은 파도가 만든 야외 조각품 전시장
몽돌 위를 달리는 바람 소리
우르르 몰려다니는 갯강구 발소리
몽돌 하나가 움직이면
어깨 맞댄 여럿이 함께 뒤척이는 소리
자그락자그락

몽돌밭에 누워
몽돌들 이야기 소리 듣는다
파도가 나에게 묻는다
왜 가슴 속 모서리는 깎아내지 않느냐고

파도가 밀려오고 밀려갈 때마다
모서리 다듬는 소리 들린다

성벽을 보수하다

한때 철옹성이라 불리던 성벽
수많은 적의 침입에 잘 버티어 왔는데
비바람 치는 시간 앞에
성벽 모서리가 뭉개지고
흔들리는 주춧돌 몇 개가 주저앉았다

더 무너지기 전에
주변 성주들에게 의견을 구하던 중
한 석공이 신공법을 제안했다

땅에 쇠말뚝 박는 기초공사가 시작되고
조립식 석벽을 주문하여 조립하는 동안
이끼 낀 바윗돌을 청소하고
투석전에 깨지고 파인 곳
시멘트로 메우고 철판으로 덧씌워 보강했다

돌부리에 걸려 넘어지던 발음
깨진 성벽 사이로 기어 나오는
이것들 때문에 발언권이 약했는데
이제는 내 생각을 오타 하나 없이
잘근잘근 씹어가며 말할 수 있다

임플란트, 대단한 공법이다

폐타이어

타이어는 앞만 보고 달린다
도로는 타이어의 지문을 읽으며
둘둘 감아놓은 길을 계속 풀어준다
도로가 러닝머신처럼 달리고
타이어가 제자리에서 뛰기도 한다

지구 두 바퀴 이상을 달리던 어느 날
지문이 뭉개지고 없다며
위험인물로 분류되어 해고되었다

생활정보지 구인란을 뒤적거려도
받아주는 곳이 한 군데도 없다
배를 타보지 않겠느냐는 말에
허겁지겁 달려간 여수 연안여객선터미널
출렁거리는 파도에 멀미하며
종일 잔교에 매달려 여객선을 기다리는 일이다

여객선이 부두에 접안할 때마다
둘 사이에 끼어
몸이 찌그러지고 깨어져도
일할 수 있다는 것이 얼마나 즐거운지
실업의 입가에 미소가 흐른다

조새*

갯돌과 한 몸이 된 딱딱한 껍질
석화는 그 속에서 꽃을 피운다

사리 물때 일곱 물
바닷물이 돌밭에 가꾼 꽃밭
조새 여섯 마리가 날아왔다

날카로운 부리로 쪼아대는 합창 소리
메아리가 갯가에 퍼지면
썰물은 발을 맞춰 개펄을 빠져나간다

짭짤하고 비릿한 바다 향기
조새가 딴 굴로 배를 채운 양재기
밀물이 달려오는 갯골을 간신히 건넌다

고향 집 부엌 진흙 벽에 걸려 있는
뭉툭한 부리에 녹이 슨 조새 한 마리
보름달 그믐달 물때를 세며
오지 않은 어머니를 기다리고 있다

* 나무를 새 머리처럼 둥글게 깎아 부리에 뾰쪽한 쇠를 박은 굴 따는 도구

남편을 빌려드립니다

버스 정류소 알림판 유리에 달라붙은 문어 한 마리
여덟 개 발가락 꼬무작꼬무작
빨판에 적어놓은 핸드폰 번호로
먹잇감을 유혹하고 있다
- 힘센 내 남편을 빌려드립니다

순간
이런 파렴치한 여자가 있을까
포르노 잡지를 보다 들킨 사람처럼 머쓱해
눈길을 돌렸다
다음 줄이 궁금해
곁눈으로 마저 읽었다

- 집에서 놀고먹는 내 남편
- 힘든 일 허드렛일 무엇이든지 시키세요
- 화장실 청소, 곰팡이 제거, 막힌 하수구 뚫기 …
남편 사용 설명서에 붉은 글씨로
- 고장 나지 않게 사용하신 후 꼭 돌려주세요
당부의 말이 곁들어 있다

눈밭으로 남편의 등을 떠미는
톡 톡 튀는 글
칼바람에 바들바들 떨고 있다
내 양복 주머니 속에 감춰둔 실업이 자꾸
밖으로 고개를 내민다

바람 소리 읽다

소금 묻은 바람 만지작만지작
바람 소리 읽고 있는 늙은 어부
"저것 좀 봐!"
등딱지가 고막만 한 게들이 떼를 지어
뭍으로 올라오고 있다

"태풍이 오려나"
바다의 진동을 미리 감지한 미물들이
대피하는 중이라고 한다

내 귀도 성능이 좋아졌는지
별에서 보내온 전자 신호음
한겨울 목청 높이는 매미 울음소리
은하의 파도 소리 들린다

지직거리는 안테나를 어떻게 수리해야 할까
고민인데
수리공인 의사는 대수롭지 않게
천천히 더 지켜보자는 말이
부품이 없어 고칠 수 없다는 말로 들린다

지구촌 소식 들으려
TV 볼륨을 높여도 안테나가 먹통이 돼
뉴스를 눈으로 읽는다

우주역에 정착하다

우주 항공로에서 반갑게 맞아주는
우주휴게소
지구의 물을 마시며 잠시 쉬는 동안
우주선을 점검하고 연료를 가득 채워준다

'우주에 오신 걸 환영합니다'

가로수가 플래카드를 흔든다
상점마다 우주라 쓰여 있는 간판들
우주의 별들을 사고파는 우주중개소
우주식당 우주횟집 우주곰탕 우주짬뽕
유자향이 우주찻집에서 노래처럼 흘러나와
여기는 아픔도 슬픔도 없는 세상 같은데
우주병원, 우주약국, 우주장례식장이 영업 중이다

우주의 땅 기운을 잔뜩 머금은
우주쌀 우주유자 우주봉 우주마늘
청정 바다에서 나온 김 갯장어 돌문어가
우주 특산물 머리띠를 두르고 손짓해
카드를 내밀자 덥석 받아 든 우주시장
여기는 지구의 카드가 통하는 우주다

나로우주센터 우주과학관에서 만난
늙수그레한 우주인들
갯내 묻은 투박한 말투로
"어느 별에서 온 외계인들이랑가?"
"그랑께, 지구별에서 왔다고 안 그라요"

이곳은 고흥, 지구의 말이 통하는 우주다

흑염소 직원

여름은 풀과 나무의 전성기
외딴 산길 밭둑 묵정밭 야산에 잡초가 무성해
흑염소 다섯 마리를 채용했다

제일 큰 수흑염소는 염 부장
암흑염소 세 마리는 크기 순서대로
염 차장 염 과장 염 대리
어린 새끼 목에는 염 주무 명찰이 달려 있다

흑염소 농장 사장은 현장을 살피고
직책에 따라 작업량을 할당한다

목줄을 붙잡은 감나무 소나무 쇠말뚝
목줄 길이로 하루 작업량이 정해진다
무서운 기세로 커가는
칡넝쿨 억새 쑥 명아주 싹둑싹둑 잘라 먹는다

일 잘하는 직원은 목줄이 길어지고
작업량을 채우지 못하면 목줄이 짧아진다

목줄 풀린 자유시간에 산으로 올라간 직원들
사장의 꽹과리 소리에
염 부장을 따라 축사로 내려온다

만년 주무로 퇴사한 친구
염소 직원들 앞에서는 목에 힘이 들어가
직책을 부르며
보너스를 주듯
사료를 듬뿍듬뿍 퍼 준다

바위의 귀

지호도 큰산 중턱
바위에 붙은 손바닥만 한 굴 껍데기
단단한 바위의 귀가 되었다

바다가 솟구쳐 올라와
섬을 만들고 산을 만들 때
바위와 함께 올라온 굴 껍데기
고라니 산토끼 멧돼지 발소리 풀잎 스치는 소리 듣는다

귓속에 아직 짠물이 남아
귀울림이 심해질 때는
뻐꾸기 직박구리 참새 소리로 씻어내고
빗소리 우렛소리로 헹구어서
바람에 말리고 햇볕에 말린 귀
비스킷 과자처럼 바삭바삭 부서져
흙으로 돌아가고 흔적만 남았다

바위는 귀가 하나씩 떨어질 때마다
팽팽한 몸에 금이 가는 몸살을 앓았다
이제는 마음의 귀 열어
수평선을 당겼다 풀었다 튕기는
떨림으로 밀려오는 파도 소리
억새밭 건너는 바람 소리 듣는다

부처손 석곡 풍란 이끼 풀
수많은 생명을 품에 안고
귀가 없어도 경지에 도달한 바위는
우주의 무현금 소리 듣는다

파프리카

채소밭에 모인 다문화가족
파프리카 브로콜리 아스파라거스
기후와 토양이 다른 땅에서 몸살 앓는 야채들
진딧물의 텃세에도
잎을 키우며 억척스럽게 살아간다

채소밭에 핀 파프리카꽃
하얀색 꽃잎이 토종 고추꽃과 비슷하다
지구촌 어디에 살던
고추 집안 유전자는 속일 수 없다

유럽에서 시집온 옆집 새댁
말을 배우는 아이들처럼
꼬리 잘린 반말에 발음이 빗나가
할미들이 몇 번씩 짧은 말꼬리를 이어준다

상갓집 잔칫집에 먼저 달려가
서툰 솜씨로 일손을 돕는 이방인
샐러드나 잡채에 들어간 파프리카처럼 돋보인다

마을 부녀회장이 꿈이라는 그녀
가족을 이루고 사는 이곳이
자기 고향이라고 손짓 섞어 말한다

잔소리

랩을 쏟아내는 아내의 잔소리
랩이 익숙하지 않은 나는
절반은 흘리거나 놓쳐
서너 번 들어야 겨우 알아듣는다

밥하기 세탁기 돌리기 청소하기
집안일을 하나씩 던져주면서 핀잔이다

음치이지만 들을 때는 이해하는데
혼자 불러보면 어설프고 서툴러
아내의 방식대로 욱여넣으려는 억지에
생솔가지 부러지는 소리가 난다

잔소리도 판소리 가락으로 하면 얼마나 좋아
구수한 사투리로 맛깔스럽게
잘한다 그렇지 얼씨구
추임새를 넣어 흥을 북돋고
아니리처럼 노래 중간중간에 말로 설명하면

그래 그 말이 맞아 맞장구치며
얼쑤 어깨가 들썩들썩
집안일이 신명이 날 것이다

극락강역

설렘과 아쉬움이 교차하던
광주역과 북송정역 사이 극락강역
호남선 KTX 상하행선이 비껴간 적이 있었지

삼베옷 한 벌 입고
얼음산을 넘어가신 친구 어머니

치마폭에 매달린 가난에 절뚝거리며
치매 걸린 시부모 똥오줌 받아낸 공덕으로
이 역에서 열차 타고 극락강을 건넜을까

어린것들이 때를 놓치고 뛰놀면
"내 새끼들 배고프지"
삶은 고구마 한 소쿠리 가져오신 그 모습
어제와 같이 생생한데
강물 속 극락암에서 목탁 소리 들린다

바닷물 방석

바닷물은 오리 방석
시베리아에서 날아온 가창오리 떼
바다에 철퍼덕 주저앉는다
저 튀어나온 엉덩이를 받아주는 바닷물은
즉석 맞춤형 방석이다

넘실거리는 파도에 몸을 맡긴 오리 떼
엄마 품에 안기듯
파도에 흔들흔들 부표처럼 떠 있다

바다를 깔고 앉은 섬
갯바위는 엉덩이가 편안한지
미역 다시마 파래 우뭇가사리 터전이 되고
갯바위 틈에 어린 물고기를 키운다

섬은 한 번 일어서면
누가 자리를 차지할까 봐
태풍 비바람 파도가 옷깃을 흔들어도
수평선을 바라보며 수행 중이다

조금 물때 일어서려나
사리 물때 일어서려나

기다려도 기다려도
일어설 기미가 없다
나도 한 달포 함께 있으면
눌러앉은 섬의 마음 알 수 있겠다

조금* 새끼

섬의 텃밭은 바다
사리물때 칠산바다에 아귀그물 펼치는 어부들
민어 농어 조기 새우 잡아
오색 깃발 달고 늠름하게 들어오는 뱃소리
섬마을은 파시처럼 생기가 돈다

점방은 심부름하는 아이들로 붐빈다
어부는 중선배** 밑바닥 따개비 긁어내고
찢어진 그물 꿰매는 일손이 바쁘다
남편들 바다로 나가면 썰렁해진 섬마을
아내 중 몇 명은
헛구역질하며 달력을 넘긴다

보름달이 열 번 섬을 다녀가면
이삼일 터울로 태어난
삼신할미가 점지한 갓난아이

백여 채 집들이 엎드린 섬
스물세 명의 동갑내기 아이들
성은 달라도
같은 피가 흐르는지
궁금해 전화하고 만나면 형제처럼 반기는
조금이 아비인 조금 새끼들

 * 간조와 만조의 차가 가장 작을 때를 말한다
** 중선배는 아귀그물을 물밑까지 펼쳐놓고 빠른 조류(사리물때)를 이용해
   10~11일 정도 고기를 잡는다.

소가 목탁을 친다

대몽항쟁의 중심지
팔만대장경 경판을 판각하여
고려의 갑옷을 지으려 했던
불력을 가진 스님들 다 어디로 가고
잡초 쑥부쟁이 연꽃만 남아
선원사지 팻말 하나 붙잡고 있다

외양간 소 세 마리
예불 시간에 테이프에서 흘러나온
염불 소리에 맞추어
혀를 구부렸다 펴면서
똑, 똑, 똑
목탁을 친다

이 절에서 수행하신 스님이
소의 탈을 쓰고 나타나
소처럼 서서 풀을 먹고
목탁을 치고 계신 것일까

한 움큼 내민 풀에는 관심이 없고
고승을 몰라본다는 듯
고개 몇 번 *끄떡끄떡* 코를 찡긋찡긋
마애석불 같은 표정으로
"음매에"길게 운다

1,000원의 행복

오후 1시의 해가 빌딩에 걸터앉아
구두를 반질반질하게 닦고 있는
종로 3가 5호선 4번 출구
누런 종이 상자에 삐뚤삐뚤 쓴
구두 광택 1,000원 구두징 1,000원
거북이 등에 새겨진 갑골문자처럼
노인이 1,000원을 등에 업고 다닌다

전철 출입구에 붙박이처럼 붙어 있던
노인의 모습이
다음 주에도 그다음 주에도 보이지 않는다
무슨 일이 생긴 것일까
텅 빈 자리에 가슴이 허전하다

겨울이 겉옷을 벗으려는 어느 날
둥그런 등에서 흔들리는 갑골문자
반가워 의자에 엉덩이를 반쯤 걸치고 앉자
굽이 닳은 내 구두를 닦으며
노인의 구두에 묻은 과거를 털어낸다

연변이 고향이라는 85세 할아버지
철새처럼 이곳저곳 떠돌다가도
1,000원에 행복해하는 사람들 때문에
구두에 박힌 못처럼 이곳에 박혀 있단다

2부

다둥이 어미

우물가 울타리 아래
잎이 서너 개 달린 어린줄기
작년에 오가며 따 먹었던 백다다기오이
잊지 않고 찾아온 것이 고마워
물을 주다 눈치챘다

잎 뒷면에 돋아난 잔털들
거칠고 까칠한 줄기
오이가 아닌 수세미다

새끼 탐 많은 수세미
뙤약볕에 제 속살을 녹여 만든 섬유실로
아이들 감싸는 그물 옷 한 벌 지으며
아이들은 하루가 다르게 철이 들었다

늦가을까지 매달려 있던 수세미
꽃의 입이고 상처였던 배꼽을 살짝 열고
몸을 흔들어 수박씨 같은 씨앗
하나둘 땅에 떨어뜨린다

씨앗 주머니 탈탈 털린 어미는
부엌으로 들어가 밀린 설거지를 한다

씨앗의 시계

채소밭에 파종한 홍화씨
보름을 기다려도 감감무소식이다

홍화씨를 건네준 옆집 농부
씨앗 속에는 계절의 시계가 있어
추위에 몸이 얼었다 녹아야
시계가 정상적으로 작동한단다

풀 한 포기 보이지 않는 저 흙 속에는
서랍 속에서 겨울을 보낸 홍화씨와
시계를 가진 수많은 생명이
계절의 초침에 심장 박동을 맞춰가며
몇 년씩 때를 기다리고 있다

깨밭, 콩밭에 자리 잡은 잡초들
바랭이 쇠비름 명아주 방동사니 강아지풀
뽑고 캐내도 다시 얼굴을 내미는
뻔뻔한 근성이 잡초의 생존 전략이다

싹을 틔우지 못한 홍화씨
대를 이어 번성할 미래를 위해
알람 소리에 귀를 열고
다음 해 봄을 기다리는 동안
채소밭을 그대로 묵혀 두었다

여수에서

여수 여객선터미널에서 보았지
호박꽃 속에 반딧불이 넣은 꽃등처럼
은은하게 웃으며 다가온 너
비린내 몰고 들어오는 어선들 때문에
한마디 안부도 묻지 못했다

짱뚱어처럼 갯벌을 누비던 어린 시절
파도가 철썩철썩 말을 거는 시원한 방죽에
멍석 한 장 펴놓고
아이 대여섯이 별을 낚는 여름밤
너는 환한 남폿불을 들고 왔었지

전깃불 네온사인에 묻혀 살면서
전화 한번 없이 무심하게 살아온 날들이 미안해
서울행 KTX를 타려는 순간
누가 내 목덜미를 붙잡은 것 같아
몸을 짐짝처럼 좌석에 부려놓고
마음은 바다에 묶어 놓았다

자정 무렵 도착한 용산역
택시를 타려는 내 앞에 불쑥 나타난 그녀
무슨 할 말이 있어 여기까지 따라왔을까
머뭇머뭇 망설이는 나에게
말을 할 듯 말 듯 다가오는
저 환한 보름달

뿌리 노동자들

땅속 깊은 막장
광부처럼 흙탕물 속에서 막일하는 뿌리 노동자들
갱도를 통과해 연꽃을 들어 올린다

터널처럼
땅속에서 줄기까지 이어진 아홉 개 통로
연잎은 뙤약볕과 신선한 공기를 모아
어둡고 발이 시린 막장까지 내려보낸다

코끼리 코를 닮은 연뿌리
땅속에서 올려보낸 양분과 푸른 하늘을 마신
아홉 개의 목숨으로 수천 년을 살아왔다

연뿌리가 삽날에 찍혀도
남은 통로로 숨을 쉬며
끈적거리는 점액질로 상처를 복구한다

강화 선원사지 연못
개구리울음, 바람 소리, 빗소리 듣는
코끼리 귀를 닮은 연잎이 팔랑인다

저 연밭 지하에 광부가 살고 있다

떼 지어 다닐 때

겨울 바다
하늬바람 쟁기날에 하얗게 뒤집힌다

지붕이라 믿었던 수면이 찢어져
바닷속 꼭대기 층에 사는 숭어들
매서운 웃풍에 등골이 시리다
서로의 체온으로 추위를 견디려
떼로 뭉쳐 다니면
놀란 바다의 근육이 파르르 떨린다

거대한 무리
무서운 것이 없다는 듯
수온 따라 거침없이 갯골로 들어설 때
갯벌 속에 묻어둔 그물
장대 끝까지 끌어 올리면
바람이 먼저 도망가고
바닷물이 뒤따라 빠져나간다

눈이 어두운 물고기들만 갯벌에 남아
이리 뛰고 저리 뛰며 숨을 헐떡거린다

돈 냄새에 귀가 민감한 사람들
루머가 끌어올린 주가
뭉게구름 위에 묶어 놓고
썰물처럼 빠져나간 큰손들
주식시장은 개미들만 남아 아우성이다

막걸리

시간이 발효되고 있다
태아가 엄마 뱃속에서 배냇짓 하듯
고두밥과 누룩이 어우러져
항아리를 발로 툭 툭 차며
술이 괴는 소리 뽀그락 뽀글
거품을 터뜨리며
푸욱 참았던 숨을 길게 내쉴 때
술 익은 냄새가 문지방을 넘는다

냄새에 끌려간 친구와 나는
할머니 몰래 대접으로 한잔 두잔 퍼마신 술에 취해
평상에서 팽나무 그늘 덮고 잠이 들었다
깨어보니 그늘은 어디로 가고
한여름 뙤약볕이 웃통 벗은 우리를
벌겋게 굽고 있었다

친구는 등에, 나는 가슴에
팽나무잎이 한 장씩 그려져 있었다
문질러도 지워지지 않고
날이 갈수록 선명한
햇볕이 새겨 놓은 하얀 문신
할머니는 여름내 모른 척하셨다

소화기

불을 보면 식욕이 돋는다
불은 내 사냥감
연기 열 불꽃을 감지한 초병이
경보음을 울리는 순간
나는 심장이 뛴다

일반 화재 유류 화재 전기 화재
종류별로 사용할 무기의 안전핀을 뽑고
바람을 등에 업고
자동소총을 옆으로 돌려가며 쏘듯
불의 급소를 향해 남김없이 쏘아야
속이 후련하다

내 뒤에 스프링클러 옥내외 소화전 소방차
단단한 지원군이 대기해도
불이 화마로 변하기 전에
초기에 제압하는 것이 내 임무다

일회용 소모품이라 무시하지 마라
불의 날름거리는 혓바닥으로
내 능력을 시험하려 들지 마라
여차하면 총을 쏠 수 있으니까

신부의 계절

3월의 마지막 일요일
하늘 향해 손 모아 기도하는 목련

활짝 웃음 터트리며
웨딩드레스에 레이스를 한 땀 한 땀
바늘로 꿰매는 손길이 분주하다

근린공원 야외 결혼식장
축하객이 입장하고
벚꽃 진달래꽃 개나리꽃 매화꽃이 배경으로 서 있다
민들레는 꽁지발로 서 보지만 얼굴이 보이지 않는다

주례의 따사로운 축복 말씀에
근린공원 소나무와 새싹들 파릇파릇
노인들은 햇볕 말씀을 경청 중이다

햇볕 주례는 아들딸 많이 낳으라며
아기 꽃신 몇 켤레 신부에게 선물한다

3월에서 4월로 건너가는 징검다리 일요일
봄은 목련꽃 웨딩드레스 입은 신부 옆에서
하객들과 기념사진 한 장 찍고
전국 곳곳 결혼식장에서 주문 독촉 전화가 쏟아져
배달 트럭 타고 행사장으로 달려간다

명의

교통사고로 다친 허리를 붙잡고
순서를 기다린다
옆에 앉은 할머니 둘
원장이 화타처럼 용하다는 입소문이 퍼져
목포 부산에서 첫차 타고 왔단다

허리가 삐어 업혀 온 환자
침 몇 방 맞고 걸어 나갔고
화상 입어 다 죽어가는 사람도
열을 빼내는 침으로 살렸다는 말에 점점 빠져든다

그럼 한의원 마당에서 졸고 있는
털이 듬성듬성 빠진 볼품없는 수탉은
기름에 튀긴 통닭이 침을 맞고 살아난 것일까?

할미는 구십이 넘도록 아픈 데가 없다며
얘기 중간중간 섞은 해수 기침 소리에
웃음이 터져 나와 한참 웃고 나니
끊어지게 아프던 허리 통증이 사라졌다

그냥 집에 돌아와 생각해 보니
할머니가 명의인 것 같다

할머니표 꽃바지

옆집 할머니가 충전 중이다
햇볕에 고속 충전해도
방전된 손발까지 도달하려면 시간이 걸린다
이럴 때 꽃바지를 입으면 그 시절로 돌아간다

마을회관에서 경로잔치를 시작한다는 방송에
유모차를 밀고 가는 꽃바지들
화단에 핀 봉숭아꽃 채송화꽃 나팔꽃도
꽃바지 앞에서는 기가 죽는다

사철 꽃이 피는 마을회관
동네 할미들이 모였다
몸뻬 허리 사이즈는 고무줄
외출할 때도 밭일할 때도 조개 캘 때도 잠잘 때도
이 패션 하나만 고집한다

꽃바지 즐겨 입던 우리 할머니
산소에 꽃무늬 몸뻬바지 선물로 사 간다

처음 쓴 편지

하늘나라에 계신 당신에게
글을 배워 편지를 써 보오

내 남편을 누가 보지 못했소
갓난 아들 등에 업고
당신 찾아 미친 여자처럼
길 가는 사람 붙잡고
여기저기 묻고 다녔소

금방 다녀오겠다던 당신
난리 통에 어디로 가셨길래
이렇게 애간장을 태웠나요
억새밭 같은 세상 헤쳐가며
늙은 부모 모시고 입에 풀칠하고 사는 게
쉽지만은 않았소

비린내가 새벽을 여는 자갈치시장에서
하루를 두세 번 쪼개가며
무거운 생선 리어카 끌며 키운
당신 아들은 은행 지점장이 되어
얼마나 자랑스러운지 모르겠소

내가 하늘나라 가면 꼭 찾아주소
땀과 눈물로 골이진 내 얼굴에서
옛 모습 찾을 수 있겠소

이제 눈물도 말라버려
당신을 만나도
복 놓아 울 수 없을 것만 같소

– 6·25 때 헤어진 남편을 그리워하며 한글을 배워서 쓴 자갈치 할머니의 편지를
  바탕으로 썼음.

머리카락

깔끔한 남편이 이상해졌다
동네가 이사가서
골목도 우리 집도 이삿짐에 실려 가고 없다고 신고해
경찰이 데리고 왔다

구두를 강아지라고
이불 밑에서 꺼내는 모습이
자식들 보기에 민망해
"얼른 죽어야 편할 텐데"
맘에도 없는 말 중얼거렸는데

남편의 옷가지와 유품을 정리하다
책갈피 사이에 끼어 있는
은빛 머리카락 한 올 발견하고
남편을 만난 듯
유리병 속에 넣어 두고 보고 또 보았다

대머리인 남편의 볼품없던 머리카락이
왜 이리 가슴을 울리는지
유리병을 살며시 들여다보며
혼자 얼마나 외로울까?
내 머리카락 한 올 뽑아
유리병 속에 넣어 주었다

"내가 옆에 있으니 좋지요"
푸념 한 줌도 병에 넣어주었다

천사의 나팔꽃

이층 붉은 벽돌집 담장에
수십 대의 황금 나팔이 걸려있다

천사들이 부는 나팔 소리
마음으로 듣는 무현금 소리처럼
내 귀로는 들을 수 없는 소리가
꽃향기로 진하게 울려 퍼진다

도로 양쪽에 즐비한 은행나무
웅장한 나팔 소리에 맞추어
황금 카펫을 도로에 깔고 있다

지팡이에 의지한 채
카펫 위를 천천히 걸어오는 할머니
굽은 등에 은행잎 하나가 업혀 온다

한 무더기 은행잎이 뒤따라가지만
귀가 어두운 할머니는
알아채지 못하고 성당 안으로 들어가자
따라 들어가지 못한 나뭇잎들
계단 아래 꿇어앉아 웅성거린다

주여, 저 가련한 중생들을 보살펴 주소서!
불교 신자인 내 입에서
낙엽들을 위한 기도가 나팔 소리처럼 흘러나온다

비문증

날파리가 오른쪽 눈을 점령했다
계엄군이 언론을 통제하던 그때처럼
눈을 통해 들어오는 모든 영상을 검열하여
예민한 내용은 까맣게 덧칠하고
군데군데 하얀 빈칸으로 신문을 발행하던
안개 정국처럼 앞이 흐릿하다

날파리의 기준에 따라 도장을 찍어
사물 일부가 뭉개지고 흐릿하다
불빛이 여러 갈래로 번져와
도로에서 넘어져 정강이뼈가 깨지고
상처가 아물기도 전에 다시 부딪혔다

썩고 지저분한 곳을 좋아하는 날파리
내 눈으로 들어온 날파리는
어떤 썩은 냄새를 맡은 것일까
몸을 씻어도 날아갈 기미가 없다

내 양심은 어떠한가
글을 쓰는 사람은
진실 앞에서 정직해야 하는데
요즈음 마음이 탁해져
한동안 덮어두었던 불경을 꺼냈다

슬픔을 불러내다

상갓집에 문상 온 동네 사람들
영정 앞에 앉아 돌아가며
고인과 함께한 해묵은 슬픔을 호명하면
어디선가 달려온 슬픔은
판소리 가락에 몸을 싣는다

풍랑 속에서 돌아오지 않은 젊은 남편
돌림병으로 자식 둘을 가슴에 묻고
깨밭 매며 신세타령하던
기쁘고 서럽고 가슴 팍팍한 사연들
진도 판소리 가락으로 풀어내는
그 곡소리로 부조한다

슬픔이 하늘에 닿아야 좋은 곳으로 간다며
웃겼다 울리는 가락에
자기 한을 보태 서럽게 곡을 하다
눈물이 꺼들꺼들 마르면
슬픔은 하나둘씩 대문을 나선다

이승과 저승을 이어주는 가락이
하늘로 가는 다리를 놓고 있다

장끼

승용차 앞으로 뛰어든 장끼 한 마리
놀란 바퀴가 끼익 소리를 질렀다
소나무 떡갈나무 잡목들도 숨을 멈추었다
녀석은 태연하게
꽁지를 흔들며 차 밑에서 걸어 나온다

도로의 심장이 아직 쿵쿵거리는데
녀석은 자기 땅이라도 되는 듯
경적을 살짝 울려도 못 들은 척
당돌하게 차를 막고 서 있다

바퀴가 한 발짝 굴러가면
살짝 날아 뒤로 물러서며
고개를 빼 차 안을 요리조리 살펴본다

그때 머릿속을 설핏 스치는
그래!
몇 년 전에 먼저 간 깨복쟁이 친구
흙무덤이 이 근처에 있지
자네가 마중을 나왔구려 중얼거리자
푸드덕 날갯짓 소리가 들린다

샐러리맨

넥타이의 하루가 냄비 속에서
복작복작 끓고 있는 먹자골목
비틀거리는 퇴근길
뚜껑 열린 소주병이 속된 말을 쏟아내고
회사기밀 사항인 백 부장의 치부가
썰린 오징어처럼 한 접시 올라왔다

왕 전무가 사무실에 나타나자
애완견처럼 꼬리치며 달려가
하는 말마다 예스만 반복해
백 부장은 아마 쓸개가 없을 거야

험담을 맛있게 듣고 있던 오 대리
"사실 저가 쓸개 빠진 년이거든요"
그 말 한마디에 모두 말문이 막혔다
"진짜로 쓸개가 없어요"
술이 확 깨는 말
무엇을 훔쳐 먹다 들킨 사람처럼
갑자기 분위기가 싸해진다

쓴소리 잘하기로 소문난 오 대리
그 쓴맛은 어디서 나오는 것일까
오징어도 먹물주머니를 비상으로 가지고 다니는데
나는 텅 빈 쓸개주머니만 달고 다니며
백 부장의 푸들로 살지 않았는지
술맛이 쓰다
개 목걸이 같은 넥타이를 만져본다

공의식 시인에게

느티나무 아래 쓰러져 있는 매미
몇 번을 탈바꿈하며
여기까지 왔는데
부르던 노래 끝까지 부르지도 못하고
나뭇가지에 악보만 걸어 놓고
이렇게 가시다니

검은 정장 차림의 개미 문상객들
슬픔의 줄이 길게 이어지고
관도 없이 운구하는 초라한 모습에 가슴이 시린데
문자가 도착했다

시를 사랑하던 공 시인이
저녁노을이 순천만 개펄에 써놓은
그런 좋은 시
한번 써 보겠다고
지리산으로 들어갔다고 한다

시의 씨앗을 뿌려둔 산과 우주에서
야생화로 풀잎으로 바람에 흔들리며
자연을 그린 시를 쓰거든
나에게도 몇 편 보내주게
여기는 말이 통하지 않는 곳이니
밤하늘에 문자로 남겨주시기 바라네

청설모

숲속에서 마주친 청설모
멀찌감치 물러나
잣을 훔치러 온 것은 아닐까
안절부절못한다

잣나무로 달려 올라가
이 가지 저 가지 우듬지까지 뛰어다니며
냄새로 골라낸 잣송이
나뭇가지를 앞니로 돌려가며 갉아낸다

픽!
숲의 고요가 깨지는 소리에
놀란 나무들이 두리번두리번
솔잎 향기가 땅으로 쏟아진다

우듬지에서 달려 내려온 청설모
손가락에 묻은 송진 혀로 몇 번 핥고
잣송이 가슴에 안고 덤불 속으로 사라진다

겨울을 준비하는 청설모처럼
20층 신축공사 현장 난간에서 외벽 쌓는 일용직 김 씨
허리에 맨 안전줄에 의지한 채
오른발은 파이프 비계를 밟고 왼발은 허공을 더듬거리며
겨울 식량을 얻고 있다

3부

천식 친구

시시콜콜 참견하는 녀석

친척 친구들 전화는 녀석 안부부터 물어
나는 언제나 뒷전이다

다시 만나고 싶지 않아
술 담배 찬 음식을 멀리하고
춥고 공기가 탁한 곳을 피해 다녔는데

가끔 감기가 녀석을 데려오는 날에는
심장이 터질 듯 거친 숨을 쌕쌕 몰아쉬면
놀란 구급차가 헐레벌떡 달려온다

산소호흡기가 호흡을 안정시키는 동안
녀석의 죄상이 낱낱이 기록된
병원 호흡기내과 컴퓨터 진료기록에 따라
독한 약과 주사를 며칠 맞은 녀석
정신이 혼미한지
병원비도 계산하지 않은 채
슬그머니 어디로 내빼고 없다

개 탓

말싸움에는 개가 앞에 나와 사납게 짖어댄다
"개보다 못한 놈, 개 같은 놈, 개새끼"

망치질하다가 손가락을 때려도 개 탓을 한다
"이런 개 같은"

맛이 없거나 먹을 수 없으면
짝퉁이라며 이마에 '개'자 낙인찍어
동구 밖 후미진 곳으로 쫓아내더니

개똥쑥, 개복숭아, 개살구, 개옻나무……
'개'씨 가문 대대로 비밀리 전해오는 비법이
불치병을 치료한다는 소문에
길도 없는 깊은 산골까지 찾아간다

돌림병으로 아이들이 죽어갈 때
동네 할매들은 개똥이 개곤 광주개 발막개
마땅한 이름이 없으면
개구쟁이라 불러 저승사자를 속였다

애완견이 가족 반열에 올라
펫카페 펫호텔 펫유치원 펫놀이터가
성황을 이루는 개판인 시대

'개'씨 성을 가진 자들의 억울함을 무엇으로 달래며
국어사전은 어떻게 고쳐 써야 하나
'개'가 시대의 과제다

산골 빈집

119에 실려 간 할머니는 돌아오지 않았다
고양이 울음이 집을 지키며
골바람이 집안을 기웃거린다

뒷산에 걸린 노을로 담근 고추장
할머니 한숨이 숙성된 장독
간장 냄새에 끌린 햇살이 장독을 쓰다듬는다

길을 따라 마당까지 들어 온 쑥 잡초
할머니가 땀을 흘리던 텃밭은
산이 내려와 잡목을 키우고 풀씨를 뿌렸다

담장을 넘어온 칡넝쿨 환삼넝쿨
감나무 돌배나무 우듬지를 밟고 올라가
구멍 뚫린 양철 지붕을 촘촘히 얽어맨다

집을 포장하는 푸른 넝쿨손
할머니 손가락 사이로 빠져나온 넋두리
빗소리 산새 소리 개구리 울음소리
사이사이에 끼워 넣는다
녹슨 괭이 쇠스랑 삽 낫 호미
담쟁이가 썩은 자루를 묶는다

어둠이 산에서 떼로 몰려와
검은 보자기에 집을 떠메고 어디로 가버렸다
하늘을 쳐다보니
낡은 집 한 채 사라지고 있다

논둑길

들판 가운데 손짓하는 불빛 하나
접어두었던 추억의 지도를 따라
좁고 꾸불꾸불한 논둑을 걷는다
개구리 떼 울음소리가 발소리에 놀라
첨벙첨벙 무논으로 뛰어내린다

친구 집을 찾아가던 어스름한 달빛
숨바꼭질하듯 먹장구름 뒤로 숨자
들녘이 어두운 화면으로 바뀐다
벼잎을 스치는 바람 소리에
풀벌레도 놀라 울음을 멈춘다

내 몸에서 부스스 일어난 잔털들 촉수로 변하고
발끝은 더듬이로 바뀌어
더듬더듬 길을 만지며 걷는다
미끄러지고 헛디뎌 논에 빠지면
나를 허수아비로 쓰려는지
발목을 꽉 붙잡은 진흙을 뿌리치고
불빛을 향해 걸어간다

내가 지나온 길에도
캄캄한 어두운 날들이 있었지
방향을 잃고 헤맬 때
어머니가 내 등불이 되어 주었다
손을 잡고 늘 괜찮다고 하셨다

욕쟁이 할머니

동네 골목에서 욕을 파는 할머니
밉지 않게 포장한 욕에는
고도의 눈치가 숨어 있다

걸쭉한 농담 한 국자 넣어 삶은 돼지고기
손님 취향에 따라 욕으로 간을 맞추고
분위기가 흐리면 칭찬을 적당히 뿌린다

머리카락이 희끗희끗한 단골손님들
목소리가 커지고 취한 기미가 보이면
수육 몇 점 공짜로 주면서
남아 있는 술만 마시고 가라며 쫓아낸다

아이 셋 키우며 억척스럽게 살아온 여자
꽃이 피고 지는 줄 모르고
거센 파도를 헤쳐와 성당에 앉아 있다
뿌린 수십 가마니의 욕을 거두어들이려는
기도가 낙엽처럼 발밑에 쌓여도
욕쟁이 별명은 얼룩으로 남아 있다

욕을 바가지로 먹어도
갈증이 나는 사람들
오늘도 막걸릿집 앞에서 얼쩡거린다

음유시인

어머니 시작 노트는 산밑 돌밭이다
한글 더듬더듬 깨우친 침침한 눈으로
밭고랑 줄줄 읽으시며
오자 탈자 호미로 찍어가며 파낸다

자식들 객지로 떠나보낸 허전한 마음 밭에
병원 들락거리는 아들놈 걱정이 잡초처럼 돋아나면
흥얼거리는 곡조로 잡풀 매다
허리 한번 펴고
눈 아래 펼쳐진 동네 골목 천천히 읽다가
잠시 멈추고 한숨 길게 내쉰다

유방암 말기 판정받고 온 시산댁
남편 일찍 잃고 이제 살만한데
"무슨 팔자가 이리 얄궂당가"
입으로 중얼거리며 쓰고 수백 번 다시 고쳐
판소리 가락으로 옮겨 부른다

나는 밤을 새워 시를 써도
삼빡한 시 한 줄 못 건지는데

어머니는 어두운 뒤안길 손가락으로 짚어가며
되새기고 다듬은 말
한마디 한마디가 곰삭은 젓갈처럼 맛이 들어

"어머니가 시인이네"
"나 같은 무지렁이가 무슨 시인"
눈 흘기며 시를 쓰려 밭으로 나가신다

평화의 소녀

동네 과일가게 아저씨
혀 짧은 어눌한 말투가 손님을 끌어들인다

"맛있는 충주 사과
먹어 보고 맛이 없으면
몇 번이고 사과드립니다"

사과를 준다는 것인지
사과를 한다는 것인지
헷갈리는 말이 사근사근 들리는 퇴근길
아저씨의 정겨운 말 한마디에
웃음이 주렁주렁 열린다

짓밟힌 명예를 회복할 수 있도록
마음의 상처가 치유될 수 있도록
진심 어린 사과의 말 한마디 듣고 싶은
단발머리 소녀

살을 저미는 추위에 맨발로 길거리에 앉아
몇 년을 기다려도
사과의 말 한마디 없는 일본
언제쯤 대답을 들을 수 있을까

물의 생각

물은 지상에서 가장 겸손한 존재
혈기가 왕성해 분수처럼 치솟을 때도 있지만
수평의 눈높이를 가진 물
수평이 기울면
다시 수평이 될 때까지 어깨를 맞추며 걷는다

산의 발바닥
마지막 도착 지점인 바다로 걸어가는 물
곁눈질 한번 하지 않고
밤낮 쉬지 않고 뛰다가 걷다가
돌부리에 걸려 깨진 무릎
물결로 상처를 봉합하고 길을 걷는다

댐에 가두어 놓은 물
권력이 되지만
한 줌도 사용하지 않고
전기를 만들어 사람에게 돌려준다

갈라진 논바닥
마른 땅 풀 나무 짐승에 아낌없이 나누어
여름을 더욱 푸르게 만들며
빈손이 될 때까지 길을 걷는다

집게의 힘

빨랫줄에 매달린 AAA
자기 몸무게 몇 배 힘으로
비에 젖은 아침을 물고 있다

나무에 매달린 잎사귀
마당에 핀 구절초 향기
햇살 쪼는 참새떼
마르지 않은 풍경이 매달려 있다

아프리카 초원이 흥미로운 것은
턱의 힘 때문
동물 뼈까지 씹어 먹는 하이에나
강을 건너는 누를 잡아먹는 악어
이들이 없는 자연은 흥미가 있을까

무는 힘이 헐거운 인형 뽑기
인형을 집어 올린 집게
마지막 순간 아슬아슬하게 떨어지는
아쉬움을 적당히 포장해 파는
고도의 상술이 숨어 있다

빨래집게는 상술을 모른다
바람이 옷을 훔치려 빨랫줄을 흔들면
멀미를 하면서 끝까지 물고 버틴다

어름사니처럼 평생 줄을 타던 집게
이가 헐거운 것들만 바닥에 뒹군다

바위의 내장

남해안 바닷가
갯바위에 찍힌 공룡과 익룡의 발자국
공룡의 뼈와 알껍데기 화석
바위의 창자 안에서 나왔다

흑등고래가 청어 떼를 한입에 삼키듯
바위가 중생대 백악기 공룡을 통째로 삼키고
위에서 소장을 거쳐 대장으로
아직 소화하지 못한 시간이 멈춰 있다

냉혈동물인 뱀이 개구리가 소화될 때까지
햇볕 쬐며 기다리는 것처럼
차가운 바위는 과묵한 표정 지으며
커다란 입을 닫고 썰물을 기다린다

바위가 삼킨 수많은 울음이
소화되어 먼지가 될 때까지
또 몇억 년의 시간이 필요할까

파도가 밀려왔다 밀려가며
갯바위를 보챈다
먹고 누워만 있으면 소화가 안 된다고
어머니가 하시던 말씀
바닷물이 똑같이 따라 한다

바위는 들은 체 만 체 누워만 있다

편백나무 노천탕

장성 축령산 편백나무 숲은 노천탕
신선한 공기로
오염된 폐를 갈아 끼우러 간다

250만 그루의 편백나무 삼나무 낙엽송
밤새 뿜어 올린 산소
아토피와 호흡기 질환의 명약이라는 소문에
건강숲길 하늘숲길 산소숲길 숲내음숲길이 붐빈다

배터리 용량이 얼마 남지 않은 할아버지
편백나무에 코드를 꽂고 충전 중이고
울긋불긋 피부병을 앓고 있는 아이들
편백나무 향기를 몸에 골고루 바른다

도시의 빌딩 숲에서
뿌연 매연과 미세먼지에 골병든 나는
산소 몇 대접 천천히 마시자
몸속에 쌓인 독기가 빠져나갔는지
발걸음이 가볍다

하루 노동을 마친 석양도 산마루에 앉아
부은 발등을 씻는 노천탕
병을 가득 짊어진 한 무리의 사람들이
숨을 헐떡이며 산을 오르고 있다

빙하의 눈물

해발 3,000m 알프스산맥 프레세나 빙하
축구장 14개 면적이 하얀 방수포 마스크를 썼다

근육으로 단단히 뭉쳐진 얼음
예리하게 급소를 찌르는 햇볕의 칼날에
단단한 얼음 삼 분의 일이 허물어졌다

몇 년밖에 더 살 수 없다는 전문가의 진단에
놀란 빙하의 얼굴이 분홍색으로 변했다
핑크 빙하
관광객들은 아름답다 소리치지만
그것은 빙하가 밤새 흘린 피눈물이다

빙하가 중병을 앓는 사이
아프리카 남부지방 가뭄이 야생동물 수만 마리를 먹어
치웠다
중국에서는 폭우가 집과 전답을 삼켰고
시베리아에서는 산불이 얼음을 태웠다
연기가 송곳처럼 오존층에 구멍을 송송 뚫고 있다

열대 우림은 사막화가 된다는 뉴스에
빙하의 몸무게가 줄었다
공룡을 멸종시킨 바이러스
만년설 속에 갇혀있다 풀려나
코로나처럼 설치고 다닐까 걱정이다

사람도 빙하도 마스크를 썼다
체온이 점점 높아져 몸살을 앓는
지구가 쓸 거대한 마스크는 제작 중이다

망치 소리가 배를 짓는다

새벽을 깨우는 망치 소리
마을 한 바퀴 돌아
앞산 메아리 데리고
바닷가 배 짓는 그늘막으로 돌아온다

소나무 참나무 삼나무 아비동나무
하나하나 꼼꼼하게 살피는 김 목수
사람 마음 읽는 눈은 어두운데
나무의 속살까지 읽으며
짠 바닷물에 담그고 응달에 말린다

성품이 강직한 아비동은 배 밑판
L자로 굽은 소나무 뿌리는 배 갈비뼈
송판에 먹줄 놓아 도끼로 깎고 대패질해
대팻밥에 지핀 불이 나무의 고집을 달래며
뱃머리를 만든다

김 목수 머릿속에 들어있는 수백 장 설계도
나무의 결을 따라
대패질하고 끌로 파서
한 치 오차 없이 아귀를 맞춰 배를 짓는다

나도 김 목수처럼
우리말 속살까지 속속들이 살펴
쓰임새에 맞게 먹줄 놓아 깎고 다듬어
튼튼한 시 한 척 짓고 싶다

화상 채팅

친구 단톡방에 올라온 특산물
그물로 잡은 농어 몇 마리
지리산이 키운 더덕 한 소쿠리 올라왔다

화상 채팅으로 모인 친구들
소주 한 병 안주 앞에 놓고
잔에 술을 각자 따라 쨍하며 마신다
술자리가 익어갈 무렵
새벽 썰물 보러 나가야 한다고 어부가 말하자
아메리카노 커피가 마무리를 짓는다

술값 안 내기로 소문난 짠돌이 친구
오늘 술값 대리 운전비도 택시비도 다 책임지겠다며
말로 인심은 쓴다

고맙다 왕소금 친구야
저 친구가 간을 잘 쳐
코로나에도 소금에 절인 간고등어같이
친구 다섯 명이 상한 곳이 없다

다음 화상 모임은
하늘에서 소금 뿌리는 첫날
만나기로 했다

갈등

충돌하기 일보 직전입니다

좌측통행하는 칡넝쿨과
우측통행하는 등나무 넝쿨이 마주치면
서로 등을 지고
몸속 유전자에 기록된 방향을 고집합니다

아내와 나 사이에도
이렇게 아슬아슬한 상황이 가끔 일어납니다
사소한 일이 부풀려져
감정이 중앙선을 넘으면 며칠 수리를 해야 합니다

아내 몰래 빚보증 섰던 일이
바람보다 빠르게 달려와
피할 사이도 없이 크게 다친 적이 있습니다

하루에도 몇 번씩 온탕과 냉탕을 반복하는
아내의 체온은 몇 도일까요
그 알 수 없는 미묘한 차이를
친구들은 성격 차이라고 읽습니다

2인 삼각 경기를 하듯 한쪽 발목이 묶인 두 사람
불편한 감정을 안쪽 주머니에 쑤셔 넣고
하나둘 하나둘
발을 맞추어 봅니다

5월의 근로자들

5월은
초록 페인트 공장이 성수기다
납품 기일 맞추려
밤낮 가리지 않는 근로자들
배달하는 바람의 오토바이 소리 분주하다
페인트 한 방울 흘리지 않고 칠하는 달인의 솜씨에
산과 들은 아침마다 모습이 바뀌어 간다

생산량이 부족할까
약속이나 한 듯
일거리 조금씩 꺼내놓은 나무와 풀
서로 양보하며 서두르지 않는다

냄새도 없고 손에 묻지 않는
무공해 페인트로 초벌 도색 마치면
날마다 그 위에 더 푸르게 덧칠한다
햇볕은 종일 갖가지 꽃 그림을 그린다
봄나들이 옷으로 갈아입은 들판에서
유독 황금색을 고집하는 누런 보리밭
작년 가을 쓰고 남은 페인트 통을 건네준다

이렇게 햇볕이 쨍쨍한 날
칡과 등나무 같던 노사 갈등에 새싹이 트고
웃음이 초록초록 피어나는
색칠하기 좋은 날이다

무공해 인증사진

열무잎 배춧잎 케일잎
구멍 송송 뚫는 애벌레
무공해 인증마크를 새기고 있다

기미 상궁 같은 벌레들이 먼저 시식한다
잎 하나에 서너 개씩
바코드처럼 뚫어놓은 저 구멍
마크가 붙은 것은
햇볕과 바람으로 키웠다는 보증서다

벌레가 해의 길이를 재며
뻐근한 허리를 접었다 편다
말뚝에 걸려 있는 흙 묻은 장갑도
손가락으로 초록이 출하할 날짜를 짚어본다

벌레들이 써놓은 암호 같은 문자
마트 바코드 리더기도 읽지 못하는 청정채소

겉만 보고 먹거리를 판단하는 사람들
겉은 말짱한데
속이 변질되어 탈락한 글자가 많은 것을 모른다

벌레들 입맛을 믿는 나는
그들이 써 놓은 책 한 권 들고
무공해 인증사진 한 장 찰칵 찍는다

초록을 읽다

나는 초록의 정기 구독자
아침 창문을 열면
초록 잉크 냄새 생생한
산과 들이 나를 향해 달려온다

까치가 감나무잎 펼쳐놓고
구인 광고란 읽는 소리가 거실로 들어온다
화단에 모인 참새들
운세 점치려 뒤집은 화투패
목단꽃이 활짝 핀다
화사한 하루의 시작이다

지나가는 소나기에 머리 감은 느티나무
젖은 머리카락
산들바람이 뒤적거리며 말린다
나뭇잎 이리저리 구부리고 펼 때마다
굴러떨어지는 풀 냄새
푸릇푸릇한 소식이
발치에 그늘을 깔기 시작한다

나는 그늘에 앉아
초록 글씨 쓰인 풍경
앞면 뒷면을 넘기며
천천히 읽는다
코로나와 관련된 기사는 한 줄도 없다
싱싱한 아침을 여는 초록 신문
무료 구독 중이다

곰보배추

모진 갯바람 텃세에 바짝 땅에 엎드린 곰보배추
봄동 무리에 끼지도 못하고
묵정밭 귀퉁이에 앉아 햇볕에 언 손을 녹인다

곰보, 빠꾸*
아이들 놀림에
학교 젖꼭지 나무 밑에서 훌쩍이던 아이

동네 할미들은 움푹 파인 자국마다
복이 가득 들어 잘 살 것이라며 달랬다

고향 떠난 몇십 년 만에
고급 승용차를 타고 나타난 그녀
일렬 주차선 안에 차를 못 대고 버벅거려
내가 도와준답시고
앞으로, 스톱
핸들 바르게 풀고
그대로 빠꾸 빠꾸

아차 내가 무슨 말을 했지
멋쩍은 표정을 짓자
어깨 툭 치며 "괜찮아"
선글라스 벗는 순간 놀랐다

그릇마다 복을 가득 담았는지
곰보배추처럼 빡빡 얽은 얼굴은 간데없고
곱게 늙은 멋쟁이가 내 앞에 서 있다

* 빠구는 곰보의 전라도 방언, 차를 뒤로 물러나게 하는 일본어

동원집

청계천 뒷골목 허름한 건물
얼룩덜룩 빛바랜 간판
가마솥에 돼지고기 설설 익어가고
순댓국 냄새가 모락모락 손님을 끌어들인다

누렇게 바랜 고향 사진 한 장 걸어놓고
사투리 섞어 걸쭉하게 끓인 감잣국
군대 이야기 푸짐하게 썰어놓은 안주에
푸념 한 줌 넣어 간을 맞춘 손님들
처음처럼 만나 한잔하기 좋은 집이다

가벼운 주머니들 목이 컬컬한 하루
주인의 너그러운 풍채만큼
돼지고기 한 점 더 얹어주는 인정에
사투리 서울말 일본말 중국말이
비빔밥처럼 어우러져 벅적거리는 다국적 식당

순댓국 감잣국
이름만 들어도 침이 고인다
뚝배기에 담긴 노동자의 삶이
뜨겁게 끓어올랐던 추억의 거리에서
어머니의 손맛을 느껴본다

4부

목련꽃

바람이 들락거리는 섬마을 외딴집
파도 소리 돌담을 넘어와 노숙하는 마당에
늙은 어부가 꿰매던 낡은 그물
돌게 문어 잡는 통발
비린내가 살던 생선 건조대 아래
도둑고양이 한 마리가 웅크리고 있다

사람들 시선을 불러들이는 목련꽃
누가 살았는지
엽서처럼 꽃잎 한 장 발치에 떨어뜨린다

매년 이맘때가 되면 목련은
그리움이 파도처럼 출렁거려
하얀 꽃송이로 등불 밝혀
먼바다 바라보며 소식 기다린다

목련꽃을 좋아한 어부가 남긴
관절이 삐걱거리는 낡은 집 한 채
목련 나무가 통째로 상속받았다

금잔화

근린공원에 핀 황금빛 꽃
황금 술잔 같다

술잔 흔들어 초청장을 보낸다
냄새 맡고 찾아온 벌과 호랑나비
황금 향이 담긴 음식을 마음껏 먹고 떠나며
황금 잔 하나 가져가지 않는다

남아메리카는 황금이 재앙을 불러왔다
스페인 정복자 피사로는 잉카제국 왕을 사로잡아
큰방에 황금을 채우면 풀어주겠다고 했다
유럽이 한 해 생산하는 황금보다 많은 양을 갈취하고도
부족해 왕을 죽였다

근린공원에는 황금이 널려 있다
카드 결제 걱정하는 사람도
끼니 걱정하는 노숙자도
누구도 황금 조각 하나 탐내는 사람이 없다
그냥 눈으로 즐기며 지나가는
보통 사람들이 사는 동네다

꽃씨의 꿈

겨우내 화단에서 바짝 마른 구절초
꽃씨 한 개라도 허투루 흘리지 않으려
주먹을 꽉 쥐고 때를 기다린다

매운 계절을 견딘 연약한 줄기
마르면서 단단하고 강해졌다

지난해를 생각하는 토종 구절초꽃
밤을 새워 생산한 꽃향기
명지바람이 담장 넘어 골목으로 퍼 날랐다
옆집 거동이 불편한 할머니 방에도
등하굣길 학생들에게도 나누어 주었다

인심이 좋다는 소문에
앵두나무에서 술래잡기하던 참새
구절초 향을 골목으로 물어 날랐다

단단하게 마른 갈색 꽃봉오리
묵언의 시간을 보낸 꽃씨들
바람이 보내는 낙하 신호를 기다리며
긴장의 끈을 잡고
땅으로 뛰어내릴 준비를 하고 있다

노가리 골목

을지로 2가 노가리 골목
가벼운 주머니가 찾는 호프집
생태탕 북엇국 황탯국 명태조림 코다리찜
껍질 하나 버릴 것이 없는
명태와 호프가 만나 골목이 북적인다

허풍과 허세가 날아다니는 호프집
하루 이천 잔을 파는 밤 길거리 호프집
노가리 먹태의 딱딱한 근육을 풀어주는
할아버지 방망이 소리는 사라지고
기계가 대신 두드린다

노가리 골목과 손잡고 살던 인쇄 골목
북엇국 한 그릇이 상한 속을 달랜다
재개발 바람에 등 떠밀린 골목
어디로 가야 하나
빛바랜 간판들이 바람에 위태롭게 흔들린다

맛집으로 소문난 생태탕집 주인
명태에게 신세만 지고 살았는데
이제는 자기도 명퇴할 핑계가 생겼다며
억지웃음 속에 아쉬움이 묻어있다
골목 사람들과 술잔을 부딪치며
명퇴 명태
골목이 재개발로 소란스럽다

고비에서 만난 사내

천식이 심술을 부리는 한밤중
119구급차가 대학병원 응급실로 데려왔다
20년 지기 친구인 천식이 토라져
숨 쉬는 통로를 막아
가슴이 터질 듯이 아프다

응급실 산소호흡기로 바닥난
산소를 주입하는데
내 옆으로 자리를 옮긴 사내
힐끗 바라보며 산소 주입기를 코에 꽂는다

엑스레이 촬영실 앞 복도
내 침대와 남자 침대가 나란히 순서를 기다리는 동안
풍선처럼 배가 부풀어 오른 사내
숨을 헐떡이며 어디가 아파서 왔느냐고 내 걱정을 한다
기침 섞어가며 천식이라고 대답하자
간암 말기로 배에 복수가 찼다며
아무렇지도 않다는 듯 싱거운 미소를 짓는다

생사의 고비에서 만난 두 사람
빈손으로 고비사막에서 만난 유목민처럼
목이 타고 모래바람에 숨이 막혀도
어떻게든 고비사막을 벗어나자고 서로를 격려했다

응급실 침대에서 주사를 맞고 잠깐 잠이 든 사이
아이들 울음소리에 깨어보니
얼마 전까지 격려의 말을 건네던
40대 건장한 남자가 고비사막을 건너지 못하고
하얀 시트에 덮여 이곳을 빠져나가고 있다

전기 근로자들

정전이 되었다
전기에너지로 시급을 받고 일하는 전기제품들
일제히 파업에 들어갔다

가공의 세계에 살던 아이스크림 하드가 녹아내리고
냉장고 속에 갇혀 있던 부패가 속도를 낸다

손가락으로 누르면 일을 척척 하던
전기밥솥 전자레인지 커피포트
주인 말을 듣는 척도 하지 않는다
지금 일을 하면
시급을 열 배로 올려준다 해도 꿈적도 하지 않는다

아파트 10층에 사는 허리 굽은 노인
엘리베이터 앞에서 기다려도 문이 열리지 않아
힘겹게 계단을 오르더니
전등 보일러 수돗물 화장실이 파업에 동참해
아파트가 냉장고처럼 춥다며
숨을 몰아쉬며 다시 내려온다

전기가 끊긴 순간부터
놀고 있던 빗자루는 일거리가 생겼고
부엌 찬장 속에 갇혀 있던 양은 주전자가 물을 끓인다
구석진 곳에 있던 손들이 일거리가 생겼다

카드 결제로 구입한 전기제품들
내가 주인이라고 생각했는데
나는 아무것도 할 수 없는 관리자일 뿐
보이지 않는 주인이 따로 있었다

소금꽃 피는 폐가

바닷가 자갈밭에 버려진 벽시계
한때 시간이 살던 집이었다
정확한 보폭으로 영토를 순시하던 병사들이 사라진
허물어진 정원에 소금꽃이 피었다

시계의 언어는 언제나 정확했다
잠을 깨우고
출근 시간 약속을 알려주던 시계의 정원을
갯강구가 달려 다니며
남아있는 숫자 앞에 서 보지만
멈춰버린 심장은 뛰지 않는다

이제 시간을 벗어버린 폐가
몰포기 해초 더미 썩은 냄새 받아주며 낡아가는
여유 앞에 발길을 멈춘다

자갈밭으로 밀려왔다 밀려가는 파도 소리
일정한 바다의 초침 소리에
폐가는 차마 눈을 감을 수 없는지
쨍쨍한 햇살에 번쩍 마지막 눈을 뜬다

디지털 장의사

당신의 과거를 지워드립니다
인터넷 곳곳에 게시된 글 사진 댓글 흔적을 지워준다는
광고 문구

인터넷 바다에는 오염된 자료들이 홍수를 이룬다

연인이 다정하게 찍은 영상
관계가 깨지는 순간 사진은 어쩔 줄 몰라 당황한다
SNS를 도배한 악성 댓글
루머가 바이러스보다 빠르게 번져 사람을 죽이기도 한다

스마트스토어 상품 평가에 달린 악성 리뷰가
청년 창업자를 신용불량자로 만든다

쓰레기를 영구적으로 없애는 청소부
그러나 인터넷 유산을 추적해
유족의 자산을 보호해 주기도 한다

디지털 장례식장에는 조문객이 없다
영정도 울어주는 상주도 없이
컴퓨터 커서만 깜박거리며 밤을 지새운다

갑오징어

각이 잡힌 몸통 갑오징어
수협어판장에서 경매를 기다린다

먹으로 등짝에 쓴 갑골문자
무늬와 패턴으로 자기 생각을 표현해도
바다의 글씨를 배운 적 없어
한 자도 해독할 수가 없다

지느러미를 해초처럼 흔들며
적을 속이는 위장술도
육지에서는 통하지 않는다

등에 메고 다닌
스티로폼처럼 가벼운 구명정에 대한
믿음도 깨졌다

강력한 빨판을 가진 8개의 다리
숏다리라 도망치지 못할 것이라고 말하자
이건 다리가 아니라
글을 쓰고 먹이를 잡는 손이라고 정정한다

바다에서는
머리에 먹물이 가득한 지식인으로
지혜로운 용장으로 살았으나
플라스틱 바구니에 담겨 판매를 기다리는 신세
바다로 돌려보내 달라는 글씨로
온몸이 먹물투성이다

어처구니*가 없다

봉평 메밀국숫집
현관 입구에서 손님을 맞이하는 커다란 맷돌
두드리면 종소리가 나는 돌
현무암을 깎아 만든 맷돌
저 바윗덩어리 값이 이천만 원이 넘는다고
종업원이 말을 흘린다

주방장이 20kg 메밀 포대를 사각형 양철통에 쏟아붓고
스위치를 올리자
육중한 맷돌이 서서히 돌아간다
맷돌이 영업시간을 알린다

어머니는 맷돌을 오른손으로 돌리며
왼손에 든 메밀을 맷돌 목구멍으로 밀어 넣었다
한나절을 준비해 만든 그 맛이 생각나
찾아온 메밀국숫집

메밀전과 메밀국수를 먹으며
어처구니없이 돌아가는 업소용 맷돌에
눈을 뗄 수가 없다

보름달이 어처구니없이 별빛을 곱게 갈아
하늘에 뿌리고 있다

* 맷돌의 손잡이

멈춰버린 시간

갑자기
머릿속이 백지가 되어버린 친구
기억 장치가 멈춰버렸다

늘 다니던 동네도 낯설어
경찰이 데려온 적이 여러 번 있다

그런 친구가 전화로 고민을 털어놓는다
삼성전자 100주
장애가 있는 막내아들에게 물려주고 싶은데
증여세 걱정을 한다

주가가 75,000원으로
증여세 납부 기준 미달이라고 하자
어제 종가가 260만 원*이 넘었는데
자기를 속이려 한다고 화를 내며 전화를 끊는다

며칠 후 전화가 와
같은 고민을 늘어놓는다

친구 아내는 아파트를 옮기면서 매도해 없다고 한다

과거의 시간에 멈춰버린 친구에게
무슨 말을 해야 할지
내가 더 걱정이다

* 삼성전자가 2018.5.4 액면가 5,000원을 100원으로 50:1로 액면 분할 상장

왜소행성이 되다

태양을 중심으로 공전하던 행성
궤도를 이탈하는 순간
휘청, 떠돌이 행성이 되었다

내가 회사라는 궤도를 이탈한 이듬해
태양계에서 명퇴한 명왕성은
가슴에 134340 식별번호를 달고
타원형 트랙을 달리는 왜소행성이 되었다

아홉 개 구슬 중 한 개가 빠져 헐렁해진 목걸이
태양은 그때부터 목을 만지는 버릇이 생겼다
나도 목이 허전하면 외투 깃을 세운다

그때부터 지구는 정상 체온을 유지하지 못해
몸이 더웠다 추웠다
비가 쏟아졌다가 가뭄이 들다가
기상청 청진기로 잡아내지 못한 갱년기가 되어
남극은 얼음이 녹고 있다

달은 빈자리를 넘보며
목에 달무리를 걸고 나왔는데
쑥덕이는 소리에 목걸이는 빗방울로 변해 흩어졌다

얼음덩어리인 명왕성
빛이 위로의 편지를 들고 다섯 시간 넘게 달렸는데
아직 도착했다는 소식이 없다

- 수성 금성 지구 화성 목성 토성 천왕성 해왕성 명왕성 9개 행성 중에서 명왕성
  은 조건이 미달하여 2006년 8월 퇴출해 왜소행성 134340 식별번호를 부여
  받음

포클레인과 특허 분쟁

내 손과 팔을 닮은 기계가 있다
어릴 때 모래밭에 두꺼비집 짓고
성을 쌓던 꼬막손을 복제한 기계
아파트 신축공사 현장에서 땅을 판다

왼손 위에 모래를 쌓아 집을 지으며
모래를 퍼 올리던 반쯤 오므린 오른손이
토사 파고 운반하는 버킷이 되었다

모래를 옮기는 손 팔목 팔꿈치 어깨 근육은
기계가 흙을 퍼서 덤프트럭에 옮기는 유압식 관절
뾰족한 돌로 조개껍데기를 깨던 손은
바위를 깨는 브레이커로 바뀌었다

모래성 부술 때 사용하는 엄지와 검지는
건물을 파쇄하거나 해체하는 크라샤로 변했다

내가 하던 방법을 모방한 기계가 큰소리치며 땅을 판다
사람의 팔처럼 능수능란한 움직임
기계의 진화된 행동을 따라 해본다

몸 일부 기능을 도용당한 나는
특허권을 주장하자
내가 태어나기 100년 전에 특허를 받았다고 우긴다

그러면 내가 기계의 특허를 침범한 것일까
그것은 법정에서 한 번 따져볼 일이다

싸가지가 없다

"요즘 젊은 사람들 버릇이 없다"
메소포타미아 수메르 점토판
이집트 피라미드 내벽에 쓰여있는 글씨다

수직적인 생각을 가진 어른들이
수평적인 생각을 하는 신세대에게
나 때는 안 그랬는데 싹수가 노랗다고 말한다

그런 싹이 노란 세대가 멸망하지 않고
어떻게 세상을 바꾸고 발전시켰는지
사막에 잠들어 있는 미라를 깨워 보여주고 싶다

나 때는 장수가 큰 돌을 들어 적에게 던졌는데
지금 병사들은 너무 나약해
둘이 돌 하나 들지 못한다고 했다

그렇다 부하의 목숨을 책임지는 장수가 되면
책임감이 더 큰 돌을 번쩍 들어 올릴 것이다
미혼일 때는 약하지만
부모가 되면 강해지듯
그러한 힘이 세상을 변화시켰다

사고만 치고 공부는 뒷전인
망나니 같던 아들 때문에 심장이 벌렁거린다는 친구
그런 아들이 아이를 낳더니
선반 기술을 배워 은행 빚을 갚아주고 용돈도 듬뿍 쥐여주며
집안 기둥이 되었다고 자랑이 한 바구니다

네모 난 돌은 나라 지키는 성벽에 사용되고
쓸모없다고 눈길 한 번 주지 않던 돌이
고층 건물 기초를 다지는 돌이 된다

소금 기둥

소금이 금값이 되었다
후쿠시마 원자력발전소 오염수 방류 뉴스에
소금값이 날개를 달았다

지하실에서 5년 동안 간수를 빼고 있는
20kg 소금 세 포대
신안 앞바다 개펄의 단맛만 남았다

음식에 간을 맞추는 소금
세상은 소금이 있어 썩지 않는다고
굳게 믿고 있던 아내
가끔 소금 기둥이 된다

외출하려 버스를 기다리면서
시장에 가는 길목에서
무엇이 생각났는지
뒤를 돌아본다

가스 불은 껐는지
보일러는 껐는지
전기 코드는 뽑았는지

형광등처럼 깜박거린 건망증이
하루에도 몇 번씩
아내를 소금 기둥으로 만든다

한 쌍

칼과 도마는 한통속
칼날은 도마를 믿고 내리치고
도마는 칼을 믿고 몸을 맡긴다

칼과 도마 사이에 놓인 갈치 동태
생선가게 아줌마의 노련한 솜씨에
칼날이 도마에 닿기 직전에 생선이 잘린다
동태는 일찌감치 눈을 감고 있다

인터넷을 주름잡던 가짜 뉴스
그 안에 수많은 칼날이 숨겨져 있다
흥미에 이끌려 무조건 동조하는 악성 댓글에
변명의 기회조차 없이
신상이 털린 유명 연예인은 죽었다

인터넷 속에서 몸집을 불린
코로나 괴담이 옆 동네까지 쳐들어와
어제는 몇백 명이 죽었다는 뜬소문이
우리를 떨게 했다

칼과 도마의 조합
서로 원수처럼 다른 것 같지만
바라보는 시선이 같고 목표가 같아
손발이 척척 맞는 한 쌍이다

아내의 잔소리 속에 숨어 있는 칼날에
나는 잔상처가 많다

은하의 부동산

점심 먹자는 약속을 부도낸 친구
밤에 도망치듯 몰래
안드로메다행 은하 열차를 탔다

부동산 중개가 전문인데
어느 별을 사겠다는 매수자가 나타난 것일까

전화했다
여기서 안드로메다까지는 250만 광년의 거리
일조 개의 행성이 매물로 나와 있는 안드로메다은하
지구의 전파가 닿을 수 없는 곳에
부동산을 개업했을까

혹시 다른 행성 전파기지국을 통해 전화가 올까
기다려 본다
소식이 없다

어젯밤 꿈속에 나타난 친구
무인 행성을 사겠다는 투기꾼들이 몰려 성업 중이라며
입가에 미소가 흐른다

지구에서 쏘아 올린 우주선
좌석을 예약하려는 사람들로 붐빈다

나로도항 실비집

나로도항 수협 자연산 전문 어판장
가오리 삼치 광어 바다가 잡혀 왔다
경매인 손가락으로 값이 매겨지면
손수레에 묶인 고무 대야 속에 담겨
팔아야 할 하루치를 할미가 끌고 간다

4인용 탁자 2개가 전부인 간판 없는 집
아이스박스 얼음 속에 보관된 술과 안주들
손님이 가져다 먹고 계산하는 추억을 파는 집

소고기 꽃등심 같은 노랑가오리 살
전라도 찰방진 사투리로 버무린 가오리회
뻘 묻은 장화가 다녀가고
파도를 몰고 선창에 도착한 사내가 다녀갔다

갯바람이 펄럭이는 바다
갈매기가 입항하는 고깃배를 마중 나가고
젖은 공용주차장 바닥이 비린내를 붙잡고 있다

안주가 떨어지면 문을 닫는 집
병든 남편 치료비는 핑계고
이곳을 찾는 단골손님 때문에 문을 연다는
시산댁 할미가 갯메꽃처럼 웃는다

모성

태풍에 쓰러진 소나무
쇠 지팡이 짚고 반쯤 일어섰다
깁스한 팔에도
자잘한 솔방울 조랑조랑 매달고
젖배 골아 왜소한 늦둥이에게 젖을 먹이는 어머니

시집해설

바다의 생명성과
존재의 근원에 대한 사색

허형만 (시인·목포대 명예교수)

1 김권곤 시인은 2016년에 등단하여 8년 만에 첫 시집을 출간한다. 시인이 〈시인의 말〉에서 밝혔듯 전라남도 고흥반도 끝자락 지호도에서 태어나 바다와 개펄을 놀이터로 자랐다. 바람과 파도 속에서 언 손을 입김으로 녹여가며 자연에 순응하여 살아가는 섬의 고달픈 삶이, 지금도 눈을 감으면 가슴 속에서 출렁출렁 말을 걸어오곤한다. 시인은 이 바다와 그리고 바다와 함께 살아가는 사람들의 이름을 하나하나 불러가며 시를 써왔다. 김권곤 시인의 시적 관심과 시적 체험의 표현은 모두 개인의 내면의 가치를 드러내는 일이다.

섬의 텃밭은 바다

사리물때 칠산바다에 아귀그물 펼치는 어부들

민어 농어 조기 새우 잡아

오색 깃발 달고 늠름하게 들어오는 뱃소리

섬마을은 파시처럼 생기가 돈다

점방은 심부름하는 아이들로 붐빈다

어부는 중선배 밑바닥 따개비 긁어내고

찢어진 그물 꿰매는 일손이 바쁘다

남편들 바다로 나가면 썰렁해진 섬마을

아내 중 몇 명은

헛구역질하며 달력을 넘긴다

보름달이 열 번 섬을 다녀가면

이삼일 터울로 태어난

삼신할미가 점지한 갓난아이

백여 채 집들이 엎드린 섬

스물세 명의 동갑내기 아이들

성은 달라도

같은 피가 흐르는지

궁금해 전화하고 만나면 형제처럼 반기는

조금이 아비인 조금 새끼들

- 「조금 새끼」 전문

바다와 "사리물때 칠산바다에 아귀그물 펼치는 어부들"
과 임신 초기 헛구역질을 하며 달력을 넘기는 "섬마을 아
내 중 몇 명", 그리고 성은 달라도 같은 피가 흐르는 "스물
세 명의 동갑내기 아이들", 이 모두가 한 편의 영상처럼 펼
쳐지는 섬마을 정경이다.

　요즘처럼 어부들의 생활이 현대화되기 이전, 모든 어선은
한 달이면 두 차례씩 물때가 완만한 조금을 이용하여 어
획 정리나 필요한 어구 또는 필요한 생필품을 챙기기 위해
귀항했었다. 이때 모처럼 가족들과 지내는 사이에 얻은 자
녀들을 바닷가 사람들은 '조금 새끼'라 일렀다.

　바다에서 돌아온 어부들이 "중선배 밑바닥 따개비 긁어
내고/ 찢어진 그물 꿰매는" 바쁜 나날이 지나면 바다로 다
시 나가 조업한다. 섬에는 "목련꽃을 좋아한 어부가 남긴/
관절이 삐걱거리는 낡은 집 한 채/ 목련 나무가 통째로 상
속"「목련꽃」받아 지키고 있고, 한때 시간이 살던 집이었던 벽
시계가 폐가처럼 바닷가 자갈밭에 버려져 "자갈밭으로 밀
려왔다 밀려가는 파도 소리/ 일정한 바다의 초침 소리에/
폐가는 차마 눈을 감을 수 없는지/ 쨍쨍한 햇살에 번쩍 마
지막 눈을 뜬"「소금꽃 피는 폐가」 광경은 시인이 섬 출신이 아니
면 볼 수 없는 풍경이다.

　섬의 텃밭인 바다에는 시베리아에서 날아온 가창오리 떼
가 날아와 "바다에 철퍼덕 주저앉는다/ 저 튀어나온 엉덩
이를 받아주는 바닷물은/ 즉석 맞춤형 방석"이며, 갯바위

는 "바다를 깔고 앉은 섬"「바닷물 방석」이다. 이 갯바위에 대해
시 「바위의 내장」에서는 "갯바위에 찍힌 공룡과 익룡의 발
자국/ 공룡의 뼈와 알껍데기 화석/ 바위의 창자 안에서 나
왔다"고 상상하면서 "바위가 삼킨 수많은 울음이/ 소화되
어 먼지가 될 때까지/ 또 몇억 년의 시간이 필요할까" 깊은
사유에 잠기기도 한다.

투명한 바늘이 바다를 촘촘히 꿰맨다
접힌 주름을 펴 가며
갯바위에 부딪혀 찢어지고
모래밭에 넘어져 해지고 솔기가 터진 옷
실밥이 풀린 치맛단을 박음질한다

뛰놀다 찢어진 무릎과 팔꿈치
어머니가 재봉틀 앞에 앉아
헝겊을 덧대 드르륵드르륵 박아 주듯
한나절이 넘도록 바다를 수선해도
파도가 바다 밑에서 계속 일감을 꺼내와
허리 한번 펴지 못하고 재봉틀을 돌린다

바람에 펄럭이는 바다
덧댄 헝겊의 흔적
바늘 자국 하나 보이지 않는다
푸르고 싱싱하게 바다를 수선한 소나기는
재봉틀을 구름에 싣고 다른 마을로 떠났다

모터보트 한 척이 바다에

길게 상처를 내며 달린다

- 「바다 수선공」 전문

전남 고흥 바닷가 출신답게 바다의 생태와 유년의 삶을 잘 조화시킨 수작이다. 여기서 "바다 수선공"은 소나기이다. "파도가 바다 밑에서 계속 일감을 꺼내와" 파고를 높이거나 태풍의 영향으로 인한 풍랑 등으로 "갯바위에 부딪혀 찢어지고/ 모래밭에 넘어져 헤지고 솔기가 터진 옷/ 실밥이 풀린 치맛단" 같은 바다를 소나기가 "투명한 바늘"이 되어 "촘촘히 꿰매"고, "접힌 주름을 펴"고, 박음질한다. 마치 어린 시절 "뛰놀다 찢어진 무릎과 팔꿈치/ 어머니가 재봉틀 앞에 앉아/ 헝겊을 덧대 드르륵드르륵 박아 주듯" 수선하는 소나기는 "푸르고 싱싱하게 바다를 수선하는 달인"이다. 천의무봉天衣無縫으로 "바늘 자국 하나 보이지 않는" 평화롭고 잔잔한 바다가 시인의 뛰어난 묘사력으로 살아 숨 쉰다.

이처럼 김권곤 시인은 바다와 바닷가 사람들의 삶, 환경에 관심과 애정을 갖고 창작 활동에 전념한다. 예컨대, 나무를 새 머리처럼 둥글게 깎아 부리에 뾰쪽한 쇠를 박은 굴 따는 도구인 '조새'로 "사리 물 때 일곱 물/ 바닷물이 돌밭에 가꾼 꽃밭"「조새」에서 여섯 명의 아낙네가 굴 따는 광경을 그리며 시인의 집 부엌 진흙 벽에 걸린 녹슨 조새를 통해 어머니를 그리워한다. 또한 시인의 고향 지호도의 큰산 중턱에 있는 바위에 붙어있는 손바닥만 한 굴 껍데기도 무심코 스쳐 지나치지 않고 "바다가 솟구쳐 올라와/ 섬을 만들고 산을 만들 때/ 바위와 함께 올라온 굴 껍데기/ 고라니 산토끼 멧돼지 발소리 풀잎 스치는 소리 듣고", "부처손 석곡 풍란 이끼 풀/ 수많은 생명을 품에 안고/ 귀가 없어도 경지에 도달한 바위는/ 우주의 무현금 소리 듣는"「바위의 귀」 경지까지 끌어올린 우주적 상상력과 생명사상은 김권곤 시인을 새로이 평가하게 한다.

특히 아래에 인용하여 함께 음미할 「바람 소리 읽다」 전반부의 바람 소리 읽고 있는 늙은 어부 이야기는 바다를 사랑하는 시인의 시적 감성과 본능이 얼마나 자연스러운지를 보여준다.

소금 묻은 바람 만지작만지작
바람 소리 읽고 있는 어부
"저것 좀 봐!"
등딱지가 고막만 한 게들이 떼를 지어
뭍으로 올라오고 있다

"태풍이 오려나"
바다의 진동을 미리 감지한 미물들이
대피하는 중이라 한다

2 김권곤의 시는 "진정한 시는 진면목을 감추려고 하지 않는 법"이라는 프랑스 신비평계의 거장 마르셀 레몽의 말을 떠올리게 한다. 그는 일체의 난해성을 거부하면서도 본의 아니게 은밀한 것이 참다운 시는 그 불변의 본성에 의해 보호되는 것이라 믿는다. 김권곤의 자신의 삶과 이웃의 삶에 대한 관심은 참으로 은밀하다. 김권곤의 사소한 일상의 내면적인 생명과 호흡은 소우주를 떠받치는 힘으로 작용하면서 시적 창조로 이어진다.

찰나에
오토바이 굉음과 부딪쳤다

경찰차 구급차가 달려와
응급실 수술대에 올려놓았다

"여보세요, 여보세요"
아득히 귀에 닿을 듯 흩어지는 소리에
잠에서 막 깨어난 것처럼 멍하니
주변을 두리번거렸다

생각나는 것이 하나도 없는 20여 분
나는 어디에 있었을까

우주 어느 별에서

보고 들은 것들

나뭇잎 떨어지는 소리 한 개라도

지상으로 가져오면 천기누설이라며

문서를 지우듯 내 머릿속을 지워버렸을까

깨끗하게 지워야

출입국 보안 검색대를 통과할 수 있는 나라

고장이 난 내 머릿속 기억장치는

아직도 빈칸으로 남아 있다

- 「포맷당하다」 전문

　포맷의 기본 의미는 '일정한 모양이나 형식'을 뜻하는 명사이다. 그러나 전산 용어에서는 '데이터나 데이터를 기록하는 매체에 설정하는 일정한 형식' 또는 '컴퓨터 기억장치에 저장된 정보를 그대로 둔 채 덮어씌우기를 하거나 지워 초기 상태로 되돌리는 것'을 말한다. 이 시의 제목은 시인이 능동적으로 포맷을 하는 게 아니라 피동적으로 포맷을 당한 것으로 독자의 관심을 먼저 끈다.

　시인이 길을 가다가 "찰나에" 오토바이에 부딪히는 사고를 당한다. "오토바이 굉음과 부딪친" 것이다. 경찰차와 구급차가 현장에 도착한다. 환자를 싣고 병원으로 가 "응급실 수술대에 올려" 놓는다. 그 후 20여 분만에 "아득히 귀에 닿을 듯 흩어지는 소리"를 듣는다. 이 20여 분 동안 어떤 상황이었는지 전혀 생각나지 않는다. "나는 어디에 있었을까". 응급실 수술대 위에서의 시간을 "우주 어느 별에서/ 보고 들은 것들/ 나뭇잎 떨어지는 소리 한 개라도/ 지상으로 가져오면 천기누설이라며/ 문서를 지우듯 내 머릿속을 지워버렸을까"하며, 포맷 당한 느낌을 진솔하게 드러내고 있다.

병원에서 퇴원 후 물리치료를 받기 위해 방문한 어느 한의원에서 만난 할머니 두 분과의 대화는 참삶이 무엇인지를 잘 보여준다. 이 두 할머니는 한의원 원장이 용하다는 입소문을 듣고 목포와 부산에서 올라왔다. 그런데 "할미는 구십이 넘도록 아픈 데가 없다며/ 얘기 중간중간 섞은 해수 기침 소리에/ 웃음이 터져 나와 한참 웃고 나니/ 끊어지게 아프던 허리 통증이 사라져"「명의」, 그냥 집으로 돌아와 생각해 보니 한의원 원장이 명의가 아니라 시인의 허리를 낫게 해준 그 할머니가 명의였다는 해학적 표현으로 삶의 의미를 생각하게 해준다.

특히 시인에게 천식은 고질병인가 보다. "가끔 감기가 녀석을 데려오는 날에는/ 심장이 터질 듯 거친 숨을 쌕쌕 몰아쉬면/ 놀란 구급차가 헐레벌떡 달려"「천식 친구」오곤 했는데, 어느 날은 한밤중에 천식이 도져 119구급차로 대학병원 응급실에 입원하여 산소호흡기를 꽂는다. 시인의 옆자리로 자리를 옮긴 40대 사내도 산소호흡기를 코에 꽂는다. "생사의 고비에서 만난 두 사람/ 빈손으로 고비사막에서 만난 유목민처럼/ 목이 타고 모래바람에 숨이 막혀도/ 어떻게든 고비사막을 벗어나자고 서로 격려^{「고비에서 만난 사내」}했으나, 그 사내는 결국 사망한 이야기 역시 존재의 의미를 새삼 깨닫게 하기에 충분하다.

오후 1시의 해가 빌딩에 걸터앉아
구두를 반질반질하게 닦고 있는
종로 3가 5호선 4번 출구
누런 종이 상자에 삐뚤삐뚤 쓴
구두 광택 1,000원 구두징 1,000원
거북이 등에 새겨진 갑골문자처럼
노인이 1,000원을 등에 업고 다닌다

전철 출입구에 붙박이처럼 붙어 있던
노인의 모습이
다음 주에도 그다음 주에도 보이지 않는다
무슨 일이 생긴 것일까
텅 빈 자리에 가슴이 허전하다

겨울이 겉옷을 벗으려는 어느 날
둥그런 등에서 흔들리는 갑골문자
반가워 의자에 엉덩이를 반쯤 걸치고 앉자
굽이 닳은 내 구두를 닦으며
노인의 구두에 묻은 과거를 털어낸다

연변이 고향이라는 85세 할아버지

철새처럼 이곳저곳 떠돌다가도

1,000원에 행복해하는 사람들 때문에

구두에 박힌 못처럼 이곳에 박혀 있단다

– 「1,000원의 행복」 전문

이제 자신의 삶으로부터 타인, 이웃의 삶으로 관심을 확장하면서 연민의 정을 보인 시들을 보기로 하자. 이 시는 "종로 3가 5호선 4번 출구"에 앉아서 1,000원에 구두를 닦아주는 노인의 이야기다. 한 편의 시는 적절한 서사와 서정이 잘 어우러졌을 때 참맛을 느낀다. 이 시에 등장하는 노인은 "거북이 등에 새겨진 갑골문자처럼" "구두 광택 1,000원, 구두징 1,000원"이라고 "삐뚤삐뚤 쓴" "누런 종이 상자"를 목에 걸고 손님이 오기를 기다린다.

그런데, 정작 시인의 관심은 늘 전철 출입구에 "붙박이처럼 붙어 있던 노인의 모습이" 어느 날부터 보이지 않는 데 있다. 노인에게 "무슨 일이 생긴 것일까/ 텅 빈 자리에 가슴이 허전하여" 걱정하던 차, 오랜만에 그 노인이 다시 그 자리로 돌아왔다. 시인은 "반가워 의자에 엉덩이를 반쯤 걸치고 앉자/ 굽이 닳은 내 구두를 닦으며/ 노인의 구두에 묻은 과거"를 듣는다. "연변이 고향이라는 85세" 구두닦이 노인, "1,000원에 행복해하는 사람들 때문에" 다시 이곳을 찾는다는 노인의 주체적 상징성은 진정한 삶의 목적이 한사코 돈과 명예에만 있는 게 아니라는 점이다.

또한 "상갓집 잔칫집에 먼저 달려가/ 서툰 솜씨로 일손을 돕는 이방인"「파프리카」인 유럽에서 시집온 새댁, "사투리 서울말 일본말 중국말이/ 비빔밥처럼 어우러져 벅적거리는 다국적 식당"「동원집」, "노가리 골목과 손잡고 살던 인쇄 골목/ 재개발 바람에 등 떠밀린 골목/ 어디로 가야 하나/ 빛바랜 간판들이 바람에 위태롭게"「노가리 골목」 흔들리는 재개발 예정지 서민들의 삶, 숭어 떼 몰려다니듯 루머에 속아 주식에 투자했다가 큰손들이 썰물처럼 빠져나간 뒤 "개미들만 남아 아우성"「떼지어 다닐 때」인 주식시장, "겨울을 준비하는 청설모처럼/ 20층 신축공사 현장 난간에서 외벽 쌓는 일용직 김 씨"「청설모」, 그 외에도 욕쟁이 할머니, 퇴근길 먹자골목의 샐러리맨, 나이 들어 한글을 깨우쳐 6·25 때 헤어진 남편을 그리워하며 편지를 쓴 자갈치 할머니, 시골 마을회관 꽃바지 즐겨 입는 할머니들에 이르기까지 김권곤 시인의 존재에 관한 시적 관심은 다양하다.

3　시인의 사색이 시 쓰기에 얼마나 큰 영향을 미치는가는 하이데거 이후 많은 평론가와 시인들이 증명해 온 바다. 김권곤 시인 또한 자신만의 삶에 대한 깊은 사색은 자신과 사물의 존재 의미와 가치를 언어로 드러내는 역할에 공헌한다. 왜냐하면 하이데거의 말처럼 인간의 사색은 존재가 언어가 되는 터전을 제공하기 때문이다.

한때 철옹성이라 불리던 성벽

수많은 적의 침입에 잘 버티어 왔는데

비바람 치는 시간 앞에

성벽 모서리가 뭉개지고

흔들리는 주춧돌 몇 개가 주저앉았다

더 무너지기 전에

주변 성주들에게 의견을 구하던 중

한 석공이 신공법을 제안했다

땅에 쇠말뚝 박는 기초공사가 시작되고

조립식 석벽을 주문하여 조립하는 동안

이끼 낀 바윗돌을 청소하고

투석전에 깨지고 파인 곳

시멘트로 메우고 철판으로 덧씌워 보강했다

돌부리에 걸려 넘어지던 발음

깨진 성벽 사이로 기어 나오는

이것들 때문에 발언권이 약했는데

이제는 내 생각을 오타 하나 없이

잘근잘근 씹어가며 말할 수 있다

임플란트, 대단한 공법이다

       - 「성벽을 보수하다」 전문

치과에서 임플란트를 하게 된 원인과 과정 그리고 결과에 대한 시인의 시적 체험과 사색이 자연스럽게 전개되어 있다. 임플란트 치료를 시인은 성벽의 보수에 비유하는 탁월한 상상력으로 한 편의 시 쓰기에 성공하고 있다. 이택화 시인은 "김권곤 시인은 연민의 긍정적 사고를 시의 전편에 풀어내고 있다. 그의 시 속에서 연민의 긍정적 사고는 가련하고 불쌍한 상황을 극복하게 하여 존엄성을 높이고, 정체성을 확립시킨다. 「성벽을 보수하다」는 자기 연민을 통한 회복에 대해 잘 풀어놓은 시다."《미래시학》, 2022년 여름 제41호, 〈책 속의 작은 시집〉 김권곤 시인 편 라고 평했다.

젊었을 때의 치아는 "철옹성이라 불리던 성벽"과 다름없다. 그러나 나이가 들고 "비바람 치는 시간 앞에" 아무리 단단한 치아도 어쩔 수 없이 마모되고 더 이상 씹을 수 없는 상황일 때가 있다. "모서리가 뭉개지고/ 흔들리는 주춧돌 몇 개가" 주저앉는 경우이다. 더 상황이 악화되기 전에 임플란트를 하고 나니, "돌부리에 걸려 넘어지던 발음/ 이제는 내 생각을 오타 하나 없이/ 잘근잘근 씹어가며 말할 수 있"게 된다. 이때 우리는 임플란트에 대한 사색이 언어로 전환되는 과정을 실감한다.

한편, "충돌하기 일보 직전입니다// 좌측통행하는 칡넝쿨과/ 우측통행하는 등나무 넝쿨이 마주치면/ 서로 등을 지고/ 몸속 유전자에 기록된 방향을 고집합니다// 아내와 나 사이에도"「갈등」 이렇게 아슬아슬한 상황이 가끔 일어난

다는 시인은 아내의 잔소리에 대해서 "아내의 방식대로 욱여넣으려는 억지에/ 생솔가지 부러지는 소리가"「잔소리」 나기도 하지만 아내에 대한 사랑은 참으로 절실하다. 그 절실한 사랑은 "음식에 간을 맞추는 소금/ 세상은 소금이 있어 썩지 않는다고/ 굳게 믿고 있던 아내"「소금기둥」가 외출하려 버스를 기다릴 때나 시장에 가는 길목에서 종종 무엇이 생각났는지 소금기둥처럼 뒤를 돌아볼 때마다 측은함과 연민의 정이 솟는다.

봉평 메밀국숫집
현관 입구에서 손님을 맞이하는 커다란 맷돌
두드리면 종소리가 나는 돌
현무암을 깎아 만든 맷돌
저 바윗덩어리 값이 이천만 원이 넘는다고
종업원이 말을 흘린다

주방장이 20kg 메밀 포대를 사각형 양철통에 쏟아붓고
스위치를 올리자
육중한 맷돌이 서서히 돌아간다
맷돌이 영업시간을 알린다

어머니는 맷돌을 오른손으로 돌리며
왼손에 든 메밀을 맷돌 목구멍으로 밀어 넣었다
한나절을 준비해 만든 그 맛이 생각나
찾아온 메밀국숫집

메밀전과 메밀국수를 먹으며

어처구니없이 돌아가는 업소용 맷돌에

눈을 뗄 수가 없다

보름달이 어처구니없이 별빛을 곱게 갈아

하늘에 뿌리고 있다

– 「어처구니가 없다」 전문

　시인이 봉평 메밀국숫집을 방문했다. 이 집의 특색은 현관 입구에 값으로 치면 "이천만 원이 넘는" "두드리면 종소리가 나는 돌/ 현무암을 깎아 만든 맷돌"이 손님을 맞이한다는 점이다. 식당 안에서는 주방장이 메밀국수를 뽑는데 "20kg 메밀 포대를 사각형 양철통에 쏟아붓고/ 스위치를 올리자/ 육중한 맷돌이 서서히 돌아간다". 다시 말해서 맷돌에 있어야 할 손잡이인 어처구니가 없다.

　주문한 "메밀전과 메밀국수를 먹으며/ 어처구니없이 돌아가는 업소용 맷돌에/ 눈을 뗄 수가 없"는 시인은 어머니가 어처구니를 잡고 돌리던 맷돌을 떠올린다. 사실 이 메밀국숫집에 찾아온 이유가 "맷돌을 오른손으로 돌리며/ 왼손에 든 메밀을 맷돌 목구멍으로 밀어 넣어" 갈아 "한나절을 준비해 만든 그 맛이 생각나" 찾아왔는데 세상이 변해 손으로 직접 어처구니를 잡고 맷돌을 돌리는 게 아니라 전기로 맷돌을 돌리는 걸 보니, 참으로 어처구니가 없을 수밖에.

친구 어머니에 대한 회상은 "어린것들이 때를 놓치고 뛰 놀면/ "내 새끼들 배고프지"/ 삶은 고구마 한 소쿠리 가져오신 그 모습/ 어제와 같이 생생"「극락강역」하고, "나는 밤을 새워 시를 써도/ 삼빡한 시 한 줄 못 건지는데// 어머니는 어두운 뒤안길 손가락으로 짚어가며/ 되새기고 다듬은 말/ 한마디 한마디가 곰삭은 젓갈처럼 맛이 들어// "어머니가 시인이네"/ "나 같은 무지렁이가 무슨 시인"/ 눈 흘기며 시를 쓰려 밭으로 나가"「음유시인」시곤 했다.

어느 날에는 들판 가운데 손짓하는 불빛 하나를 향해 좁고 꾸불꾸불한 논둑을 걸으며 "내가 지나온 길에도/ 캄캄한 어두운 날 있었지/ 방향을 잃고 헤맬 때/ 어머니가 내 등불이 되어 주었다/ 손을 잡고 늘 괜찮다고 하셨"「논둑길」던 때를 회상하며 그리워한다.

4 김권곤 시인의 시에서 우리가 관심을 보이는 부분의 또 하나는 "내 양심은 어떠한가/ 글을 쓰는 사람은/ 진실 앞에서 정직해야 하는데/ 요즈음 마음이 탁해서/ 한동안 덮어두었던 불경을 꺼냈다"「비문증」와 같은 자신의 삶에 대한 성찰이다.

5월은
초록 페인트 공장이 성수기다
납품 기일 맞추려

밤낮 가리지 않는 근로자들

배달하는 바람의 오토바이 소리 분주하다

페인트 한 방울 흘리지 않고 칠하는 달인의 솜씨에

산과 들은 아침마다 모습이 바뀌어 간다

생산량이 부족할까

약속이나 한 듯

일거리 조금씩 꺼내놓은 나무와 풀

서로 양보하며 서두르지 않는다

냄새도 없고 손에 묻지 않는

무공해 페인트로 초벌 도색 마치면

날마다 그 위에 더 푸르게 덧칠한다

햇볕은 종일 갖가지 꽃 그림을 그린다

봄나들이 옷으로 갈아입은 들판에서

유독 황금색을 고집하는 누런 보리밭

작년 가을 쓰고 남은 페인트 통을 건네준다

이렇게 햇볕이 쨍쨍한 날

칡과 등나무 같던 노사 갈등에 새싹이 트고

웃음이 초록초록 피어나는

색칠하기 좋은 날이다

- 「5월의 근로자들」 전문

5월을 노래한 작품 중에서 어느 시인의 시가 이처럼 온통 초록으로 우주를 색칠한 적이 있는가? 김권곤 시인의 "5월은/ 초록 페인트 공장이 성수기"라는 놀라운 상상력과 언어 다룸은 가히 일품이다. 5월 자연을 초록 페인트칠하는 "근로자", "페인트 한 방울 흘리지 않고 칠하는 달인"으로 묘사하는 언어의 힘이 가히 일품이다. 이 근로자들은 "냄새도 없고 손에 묻지 않는/ 무공해 페인트로 초벌 도색 마치면/ 날마다 그 위에 더 푸르게 덧칠"함으로써 초록이 점점 더 짙어가는 시간성까지 아우른다.

이러한 자연의 순수성은 무농약으로 인해 "열무잎 배춧잎 케일잎/ 구멍 숭숭 뚫는 애벌레/ 무공해 인증마크를 새기고 있"「무공해 인증사진」는 청정 채소에 대한 애정, 싱싱한 아침이면 초록 잉크 냄새 생생한 나무 "그늘에 앉아/ 초록 글씨 쓰인 풍경/ 앞면 뒷면을 넘기며"「초록을 읽다」 초록 신문을 읽는 시인의 푸릇푸릇한 시 정신, 그리고 가을 화엄사에서 "나도 법문 한 줌/ 목탁 소리 한 줌/ 두 손에 모으고/ 석탑을 돈다"「가을 화엄사」는 불심에 이르기까지 자연과 자아가 하나인 존재의 본질을 터득한다.

우주 안에서 존재의 본질은 어디에서 기원하는가? 해답은 바로 생명성이다. 김권곤 시인의 경우, "단단하게 마른 갈색 꽃봉오리/ 묵언의 시간을 보낸 꽃씨들/ 바람이 보내는 낙하 신호를 기다리며/ 긴장의 끈을 잡고/ 땅으로 뛰어내릴 준비를 하고 있"「꽃씨의 꿈」는 것과 같고, "장성 축령산 편백나무 숲은 노천탕/ 신선한 공기로/ 오염된 폐를 갈아 끼우러」「편백나무 노천탕」가는 것과 같다.

이 생명성을 염두에 두는 시인은 나무의 결을 따라 대패질하고 끌로 파서 한 치 오차 없이 아귀를 맞춰 배를 짓는 "김목수처럼/ 우리말 속살까지 속속들이 살펴/ 쓰임새에 맞게 먹줄 놓아 깎고 다듬어/ 튼튼한 시 한 척 짓고 싶」「망치 소리가 배를 짓는다」어 하며, "내 양심은 어떠한가/ 글을 쓰는 사람은/ 진실 앞에서 정직해야 하는데"「비문증」그러지 못하는 자신을 되돌아보거나, "몽돌밭에 누워/ 몽돌들 이야기 소리 듣는다/ 파도가 나에게 묻는다/ 왜 가슴 속 모서리는 깎아내지 않느냐"「몽돌밭에서」는 파도의 소리에도 "물은 지상에서 가장 겸손한 존재"「물의 생각」이듯 겸손하다.

앞에서 밝혔듯 김권곤 시인은 나로도 우주센터가 있는 고흥 바닷가 출신이다. 이곳 고흥은 지구의 말이 통하는 우주다. 시인이 소개하는 자신의 고향 고흥에 관한 시「우주역에 정착하다」를 함께 감상하며 우주선을 타고 고흥을 가보는 것으로 첫 시집 해설을 마친다.

우주 항공로에서 반갑게 맞아주는

우주휴게소

지구의 물을 마시며 잠시 쉬는 동안

우주선을 점검하고 연료를 가득 채워준다

'우주에 오신 걸 환영합니다'

가로수가 플래카드를 흔든다
상점마다 우주라 쓰여 있는 간판들
우주의 별들을 사고파는 우주중개소
우주식당 우주횟집 우주곰탕 우주짬뽕
유자향이 우주찻집에서 노래처럼 흘러나와
여기는 아픔도 슬픔도 없는 세상 같은데
우주병원, 우주약국, 우주장례식장이 영업 중이다

우주의 땅 기운을 잔뜩 머금은
우주쌀 우주유자 우주봉 우주마늘
청정 바다에서 나온 김 갯장어 돌문어가
우주 특산물 머리띠를 두르고 손짓해
카드를 내밀자 덥석 받아 든 우주시장
여기는 지구의 카드가 통하는 우주다

나로우주센터 우주과학관에서 만난
늙수그레한 우주인들
갯내 묻은 투박한 말투로
"어느 별에서 온 외계인들이랑가?"
"그렁께, 지구별에서 왔다고 안 그라요"

이곳은 고흥, 지구의 말이 통하는 우주다